H. L. Mencken
Gesammelte Vorurteile

Herausgegeben,
aus dem Amerikanischen übersetzt
und mit einem Nachwort versehen
von Helmut Winter

Insel Verlag

Die Artikel wurden den beiden Bänden *A Mencken Chrestomathy*, Alfred A. Knopf 1949, und *A Second Mencken Chrestomathy*, Alfred A. Knopf 1995, entnommen.

Satz: jürgen ullrich typosatz, Nördlingen
Druck: Nomos Verlagsgesellschaft, Baden-Baden
Printed in Germany
Erste Auflage 2000
1 2 3 4 5 6 – 04 03 02 01 00

Inhalt

Das Leben des Menschen

Die alte anthropomorphe Vorstellung, daß das Leben des gesamten Universums im Leben des Menschen kulminiere und daß die Existenz des Menschen der erhabenste Ausdruck kosmischer Vorgänge sei – dieses Modell scheint sich inzwischen glücklicherweise auf dem Wege zum Scheiterhaufen geplatzter Illusionen zu befinden. Tatsache ist, daß das menschliche Leben, je gründlicher es im Lichte der Biologie studiert wird, sich um so deutlicher als leer und bedeutungslos erweist. Die menschliche Rasse, die einst offenbar Hauptanliegen und Meisterstück der Götter war, wirkt jetzt eher wie ein zufälliges Nebenprodukt ihrer gewaltigen, unbegreiflichen und vermutlich sinnlosen Tätigkeit. Ein Schmied, der ein Hufeisen herstellt, produziert etwas vergleichbar Glänzendes und Geheimnisvolles: einen Funkenregen. Aber seine Augen und Gedanken sind, wie man weiß, nicht bei den Funken, sondern bei dem Hufeisen. Die Funken sind so etwas wie die Krankheit des Hufeisens; ihre Existenz rührt von der Verschwendung seiner Substanz her. Ähnlich ist vielleicht der Mensch bloß eine lokale Erkrankung des Kosmos – eine Art Pestbeule oder Harnleiterentzündung. Natürlich gibt es unterschiedlich große Pestbeulen und unterschiedliche Menschenarten. Gewiß würde es ein Kosmos, der an nichts Schlimmerem erkrankt ist als an einer Entzündung mit lauter Beethovens, kaum der Mühe wert finden, einen Arzt zu rufen – aber ein Kosmos, der an Sozialisten, Schotten und Börsenmaklern erkrankt ist, muß Furchtbares durchmachen; kein Wunder, daß die Sonne so heiß und der Mond so diabetisch grün ist.

1918

Der Ort des Menschen in der Natur

Wie gesagt – die anthropomorphe Theorie der Welt wird von der modernen Biologie ad absurdum geführt; das heißt natürlich nicht, daß sie von der Mehrheit der Menschen jemals verworfen wird. Im Gegenteil: je dubioser diese Theorie erscheint, desto mehr wird man sie schätzen. Sie wird heute in der Tat höher eingestuft als in religiösen Zeiten, in denen die Doktrin, daß der Mensch Gott ähnlich sei, wenigstens zum Teil durch die Lehre entschärft wurde, daß die Frau von Grund auf böse ist. Was sonst steht hinter der Wohltätigkeit und Philanthropie, dem Pazifismus, der Erweckungsbewegung und all den anderen modischen Duseleien? Durch die Bank beruhen diese sentimentalen Verirrungen auf der Vorstellung, daß der Mensch ein herrliches und heiliges Tier ist und daß seine fortdauernde Existenz in der Welt gesichert und garantiert werden muß. Diese Vorstellung ist jedoch ganz und gar schwachsinnig. Als Tier ist der Mensch selbst auf so engem Raum wie dem unserer Erde ein lächerliches Mängelwesen – nur wenige wilde Tiere sind so dumm oder so feige wie er. Der ordinärste Straßenköter hat schärfere Sinne und ist unvergleichlich mutiger – ganz zu schweigen von seiner Ehrlichkeit und Verläßlichkeit. Ameisen und Bienen sind in vielerlei Hinsicht weit intelligenter und einfallsreicher; sie verwalten ihren Staat mit sehr viel weniger Streitigkeiten, Kräfteverschwendung und Torheiten. Der Löwe ist schöner, würdevoller, majestätischer. Die Antilope ist schneller und eleganter. Die gemeine Hauskatze ist sauberer. Das Pferd, selbst wenn es vor Anstrengung schwitzt, riecht besser. Der Gorilla ist freundlicher zu seinen Kindern und treuer gegenüber seiner Ehefrau. Ochs und Esel sind fleißiger und dabei heiterer. Am meisten fehlt es dem Menschen an Mut – vielleicht der edelsten aller Charaktereigenschaften. Er hat nicht nur eine Heidenangst vor allen anderen Tieren, die genausoviel wie er selbst oder die Hälfte wiegen (mit Ausnahme einiger weniger, die er durch Inzucht degeneriert hat) – er hat sogar vor den eigenen Artgenossen eine Mordsangst, nicht nur vor ihren Fäusten und Hufen, sogar vor ihrem hämischen Gelächter.

Kein anderes Tier ist so unzureichend an seine Umgebung angepaßt. Wenn der Mensch als Kind zur Welt kommt, ist er so anfällig, daß er, ließe man ihn nur zwei Tage lang ohne Aufsicht, unweigerlich zugrunde ginge; diese angeborene Schwäche, obwohl sie später mehr oder weniger erfolgreich kaschiert werden kann, begleitet ihn bis zum Tode. Der Mensch ist viel häufiger als jedes andere Tier krank, sowohl im rohen als auch im zivilisierten Zustand. Er hat mehr und andere Krankheiten, unter denen er auch häufiger leidet. Er ist schneller erschöpft und verletzt. Er stirbt auf scheußlichere Weise und in der Regel früher. Fast alle anderen höheren Wirbeltiere, zumindest die nichtdomestizierten, leben länger und behalten ihre Eigenschaften bis ins hohe Alter. In diesem Punkt überragen sogar die Menschenaffen ihre Vettern erheblich. Ein Orang-Utan heiratet im Alter von sieben oder acht Jahren, gründet eine Familie von siebzig oder achtzig Kindern und ist mit achtzig so gesund und munter wie ein Europäer mit fünfundvierzig.

Die Irrtümer und Unzulänglichkeiten des Schöpfers erreichen im Menschen ihren Höhepunkt. Als mechanisches Werkstück betrachtet, ist er völlig mißraten; neben ihm wirkt selbst ein Lachs oder eine Staphylokokke wie eine robuste, leistungsfähige Maschine. Er hat die miserabelsten Nieren, die der vergleichenden Zoologie bekannt sind, die schlechtesten Lungen und das schwächste Herz. Das menschliche Auge ist, bedenkt man seine Aufgaben, untüchtiger als das des Regenwurms: ein Produzent von optischen Instrumenten, der ein derart plumpes Exemplar herstellte, würde von seinen Kunden einiges zu hören bekommen. Als einziges Wesen unter den Tieren, ob sie auf der Erde, zu Wasser oder in der Luft leben, ist der Mensch von Natur aus unfähig, sich in der Umwelt, die er bewohnt, angemessen zu bewegen. Er muß sich mit Kleidung bedecken, sich schützen und einwickeln, sich bewaffnen. Er befindet sich permanent in der Lage einer Schildkröte, die ohne Schale geboren ist, ein Hund ohne Fell, ein Fisch ohne Schuppen. Ohne umständliche, schwerfällige Schutzvorkehrungen ist der Mensch sogar gegen Fliegen machtlos – so wie Gott ihn geschaffen hat, besitzt er nicht einmal einen Schwanz, mit dem er sie fortwedeln könnte.

Ich komme jetzt zu dem einzigen Punkt, in dem der Mensch allen anderen Lebewesen überlegen ist: er hat eine Seele. Das unterscheidet ihn von allen Tieren und macht ihn, in gewisser Hinsicht, zum Herren über sie. Was genau unter dieser Seele zu verstehen ist, darüber besteht seit Jahrtausenden Uneinigkeit; was jedoch ihre Funktion betrifft, so lassen sich darüber einigermaßen zuverlässige Aussagen machen. Diese Funktion besteht nämlich darin, dem Menschen einen direkten Kontakt mit Gott zu ermöglichen, ihm Gottes Existenz zu versinnbildlichen, vor allem aber, ihn Gott ähnlich zu machen. Aber nun stelle man sich das schier unglaubliche Versagen dieser Einrichtung vor. Wenn wir annehmen, daß der Mensch tatsächlich Gott ähnelt, werden wir zu der ketzerischen Behauptung gezwungen, daß Gott ein Feigling ist, ein Idiot und ein ungehobelter Klotz. Und wenn wir annehmen, daß der Mensch nach all diesen Jahren Gott eben doch nicht ähnelt, dann ergibt sich sofort, daß die menschliche Seele eine genauso unzulängliche Maschine ist wie seine Leber oder die Mandeln und daß der Mensch, ebenso wie der Schimpanse, offenbar besser dran wäre, wenn er keine Seele hätte.

So liegen die Dinge nun einmal. Der einzige praktische Nutzen, den der Besitz einer Seele für den Menschen darstellt, besteht darin, daß sie ihn mit anthropomorphen und anthropozentrischen Eitelkeiten erfüllt – kurz, mit blasierten und irrwitzigen Wahnvorstellungen. Er plustert und bläht sich auf – nur weil er diese Seele hat – und übersieht dabei ganz, daß sie nicht funktioniert. So wird er zum größten Clown der Schöpfung, zur *reductio ad absurdum* aller Lebewesen. Er wirkt wie eine Kuh, die glaubt, über den Mond springen zu können, und die ihr ganzes Leben auf dieser Überzeugung aufbaut. Er ist wie ein Laubfrosch, der sich unentwegt damit brüstet, Löwen besiegen, das Matterhorn überfliegen oder den Hellespont durchschwimmen zu können. Genau so ist diese armselige Kreatur, die wir als Krone der Schöpfung zu verehren angehalten werden. Dies ist der Wurm, den wir als Gottes Lieblingsgeschöpf verteidigen sollen, wo es doch Millionen von mutigeren, vornehmeren, anständigeren Vierfüßern gibt – prächtige Löwen, grazile, galante Leoparden, majestätische Elefanten, ehrliche Hunde, tapfere Ratten. Dies ist das Insekt, das man uns, unter unsäglichen Schwierigkeiten, zu reproduzieren anfleht.

1918

Meditation über Meditation

Die Begabung für abstraktes Denken, die den meisten anderen Säugetieren anscheinend abgeht, hat dem Menschen zweifellos zu seiner gegenwärtigen Beherrschung der Landoberfläche unseres Planeten verholfen – einer Beherrschung, die nur noch von einigen hunderttausend Insektenarten und mikroskopischen Organismen in Frage gestellt wird. Diese seine Begabung ist dafür verantwortlich, daß er sich so überlegen fühlt, und dieses Gefühl besitzt wohl auch ein gewisses Maß an Berechtigung, innerhalb eng gezogener Grenzen. Denn was allzu häufig übersehen wird, ist die Tatsache, daß die Fähigkeit, eine Handlung auszuführen, nicht gleichbedeutend ist mit der Fähigkeit, sie auf nützliche und heilsame Weise auszuführen. Die schlichte Wahrheit ist nämlich, daß neunzig Prozent des menschlichen Denkens stupide, sinnlos und selbstschädigend sind. Unter allen Tieren ist der Mensch offenbar am wenigsten dazu in der Lage, präzise Urteile abzugeben, wenn es um sein konkretes Wohlergehen geht. Man stelle sich eine Ratte vor, die, was Rattenideen angeht, so eklatant abwegige Vorstellungen wie die Swedenborg-Doktrin, die Homöopathie, die Verdammnis von Säuglingen oder die Telepathie entwickelt. Der natürliche Instinkt des Menschen geht nie in Richtung auf das Vernünftige und Richtige, sondern auf das Irreführende und Falsche. Wenn eine große Nation in unseren Tagen vor der Wahl zwischen zwei einander widersprechenden Ideen stünde – die eine vernünftig und praktikabel, die andere grotesk und verstiegen –, so stürzte sie sich mit größter Wahrscheinlichkeit auf die zweite. Das trifft besonders auf die Politik zu, in der es fast immer um eine Abfolge von Wahnideen geht, von denen die meisten so blödsinnig sind, daß sie nur als Parolen und Schlagworte existieren und sich nicht auf logische Aussagen reduzieren lassen. Nicht anders ist es in der Religion, die, genau wie die Dichtkunst, im Grunde nur der angestrengte Versuch ist, selbst die elementarsten Realitäten abzustreiten.

Und so ist es fast in jeder theoretischen Disziplin. Diejenigen Ideen, die bei den Menschen am raschesten auf Zustimmung stoßen, die wildeste Begeisterung hervorrufen und am zähesten festgehalten werden, sind immer die schwachsinnigsten. Dies gilt seit der Zeit, da sich der erste ›fortgeschrittene‹ Gorilla Unterwäsche überstreifte, die Stirn in Falten legte und sich auf seine erste Vortragsreise begab; es wird so bleiben, bis die Götter, dieser Farce endlich müde, das ganze Menschengeschlecht eines Tages mit einem einzigen großen Schwall aus Flammen, Senfgas und Streptokokken auslöschen.

Ohne Frage ist die Einbildungskraft des Menschen an dieser einzigartigen Schwäche schuld. Es war die Phantasie, die ihn, so vermute ich, sich zum erstenmal über seine Mit-Affen erheben ließ. Sie versetzte ihn in die Lage, sich ein besseres Leben vorzustellen als sein gegenwärtiges, und nach und nach vermochte er dieser Vorstellung eine gewisse krude Wirklichkeit zu verleihen. Noch heute bewegt er sich auf die gleiche Art und Weise vorwärts. Das heißt, er stellt sich etwas vor, das er sein oder haben möchte, etwas, das deutlich besser ist als das, was er ist oder hat, und dann macht er sich mit der umständlichen und kostspieligen Methode von ›trial and error‹ daran, dieses Ziel zu erreichen. Dabei wird er oftmals bitter bestraft für seine Unzufriedenheit mit Gottes heiligen Vorkehrungen. Er verstümmelt seinen Daumen, zerbeult sich das Schienbein, stolpert und stürzt; was er mühsam errungen hat, zerrinnt ihm zwischen den Fingern. Aber Zentimenter um Zentimeter bewegt er sich vorwärts, zumindest seine Erben und Bevollmächtigten bewegen sich voran. Nach und nach glättet er die Erde unter dem verbliebenen Bein, bastelt sich hübsches Spielzeug für die verbliebene Hand und sammelt Erquickliches für die verbliebenen Augen und Ohren.

Leider ist er jedoch nicht zufrieden mit seinem langsamen, behäbigen Fortschritt. Immer blickt er weiter und ferner in die Zukunft, immer stellt er sich Dinge vor jenseits des Horizonts. Diese Vorstellungen bilden einen Vorrat an süßen Verstiegenheiten, einen Korpus von Glaubenssätzen und Überzeugungen – kurz, die Bürde seiner gesammelten Irrtümer. Und diese Bürde von Irrtümern unterscheidet den Menschen von allen anderen Säugetieren – mehr noch als seine Fähigkeit zu weinen, seine Begabung als Lügner, seine unbändige Heuchelei und Feigheit. Der Mensch ist der Esel par excellence, der unsägliche Trottel, der klassische Tölpel des Kosmos. Er wird chronisch und unweigerlich betrogen, nicht nur von den übrigen Tieren und einer unergründlichen Natur, sondern auch und gerade von seinesgleichen, vom unvergleichlichen menschlichen Talent zum Erfassen des Verkehrten und zum Übersehen des Richtigen.

Die Fähigkeit, das Wesentliche und Wahre zu erkennen, ist ebenso selten unter den Menschen, wie sie verbreitet ist unter Krähen, Laubfröschen und Makrelen. Wer sie als Mensch besitzt, ist von ganz außergewöhnlichem Format – vielleicht ein Mensch, der im Grunde krank ist. Man braucht der breiten Masse nur eine neue Einsicht von elementarer Plausibilität vor Augen zu führen, und unter Zehntausenden wird nicht ein einziger sie erkennen, und unter Hunderttausenden wird sie niemand ohne erbitterten Widerstand akzeptieren. Alle dauerhaften Wahrheiten, die sich im Laufe der Geschichte in der Welt etabliert haben, sind zunächst so heftig angefeindet worden, als brächten sie die Pest über die Menschen, und jedes Individuum, das sie begrüßt und gefördert hat, ist ohne Ausnahme als ein Feind des Menschengeschlechts geschmäht und bestraft worden. Vielleicht geht die Wendung ›ohne Ausnahme‹ zu weit. Ich sage statt dessen besser ›mit fünf oder sechs Ausnahmen‹. Aber wer waren diese fünf oder sechs Ausnahmen? Ich überlasse es meinen Lesern, sie aufzuzählen – ich selber kann es nicht.

Wo die Wahrheit es schwer hat, wird der Irrtum liebevoll aufgenommen. Wer einen neuen Unnsinn erfindet, wird begeistert gefeiert und zum Bleiben aufgefordert – für die Masse wird er zum Idol der Menschheit. Man braucht nur auf die Geschichte der vergangenen tausend Jahre zu blicken, um festzustellen, daß neun Zehntel der volkstümlichen Idole der Menschheit – nicht die Helden kleiner Sekten, sondern die Idole der Masse – unglaublichen Schwachsinn verkündet haben. Das gilt für die Politik ebenso wie für die Religion, letztlich für jede Sparte des menschlichen Denkens. Jeder dieser Torheitsapostel ist zu seiner Zeit von Kritikern angegriffen worden, die ihn in den Schmutz gezerrt haben; seine Lehre wurde verworfen, kaum daß er sie ausgesprochen hatte. Aber dann hat die menschliche Gutgläubigkeit jeden dieser Apostel wieder auf den Schild gehoben, seine Feinde in die Flucht geschlagen und für seine Unsterblichkeit gesorgt.

1920

Coda

Ich fasse zusammen:

1. Der Kosmos ist ein riesiges Schwungrad mit 10 000 Umdrehungen pro Minute.

2. Der Mensch ist eine kranke Fliege, die auf diesem Rad Karussell fährt.

3. Religion ist die Theorie, daß jemand dieses Rad entworfen und in Bewegung gesetzt hat, um dem Menschen die Karussellfahrt zu ermöglichen.

1920

Menschentypen

Der Romantiker

Es gibt einen Menschentyp, dessen Auge unweigerlich vergrößert, dessen Ohr unweigerlich mehr hört, als die Kapelle spielt, dessen Phantasie die Nachrichten, die ihm seine fünf Sinne melden, unweigerlich verdoppelt und verdreifacht: das ist der Enthusiast, der Gläubige, der Romantiker. Dies ist der Typ, der, wäre er Bakteriologe, den *streptococcus pyogenes* so beschreiben würde: groß wie ein Bernhardiner, intelligent wie Sokrates, schön wie die Kathedrale von Beauvais und angesehen wie ein Yale-Professor.

1918

Der Skeptiker

Niemand glaubt wirklich an einen anderen Menschen. Man glaubt womöglich bedingungslos an eine Idee, aber nicht an einen Menschen. Selbst im engsten Vertrauensverhältnis gibt es immer einen Hauch von Zweifel – ein Gefühl, halb instinktiv und halb logisch, daß, nüchtern betrachtet, der Kerl vielleicht doch mit irgend etwas hinter dem Berg hält. Dieser Zweifel, das dürfte offensichtlich sein, ist in der Regel mehr als berechtigt, denn niemand ist vorbehaltlos vertrauenswürdig – der Verrat wartet im günstigsten Fall nur auf eine hinreichende Versuchung. Das Problem mit der Welt ist nicht, daß die Menschen zu mißtrauisch, sondern daß sie zu vertrauensselig sind, daß sie sich viel zu leicht anderen Menschen anvertrauen, selbst nach schlimmen Erfahrungen. Frauen, glaube ich, sind in dieser (ebenso wie in anderer) Hinsicht weniger sentimental. Keine verheiratete Frau traut ihrem Gatten absolut, und niemals tut sie so, als vertraute sie ihm wirklich. Ihr größtes Vertrauen ist genauso schwankend wie der Glaube amerikanischer Taschendiebe, daß der Streifenpolizist ihr Treiben nicht bemerkt. 1919

Der Gläubige

Der Glaube läßt sich knapp definieren als die unlogische Zuversicht, daß das Unwahrscheinliche geschehen wird. Ihm haftet etwas Pathologisches an; er geht über die normalen geistigen Vorgänge hinaus und reicht in die trüben Bereiche transzendentaler Metaphysik hinein. Ein gläubiger Mensch ist schlicht und einfach jemand, der die Fähigkeit zum klaren und realistischen Denken verloren hat (bzw. sie nie besessen hat). Er ist nicht nur ein Esel: er ist krank. Noch schlimmer – seine Krankheit ist unheilbar, denn die Enttäuschung (im wesentlichen ein objektives Phänomen) kann seine subjektive Schwäche nicht mehr beeinflussen. Sein Glaube nimmt die Form einer chronischen Erkrankung an. Was er sagt, ist im Grunde nichts anderes als: ›Laßt uns auf Gott vertrauen, der uns bisher noch immer an der Nase herumgeführt hat.‹ 1919

Der Schaffer

Alle demokratischen Theorien, ob sie nun sozialistisch oder bürgerlich sind, enthalten zwangsläufig einen Passus über die Würde der Arbeit. Wenn aber alle armen Schlucker der Illusion beraubt würden, daß ihre Plakkerei am Fließband lobenswert und Gott wohlgefällig ist, blieben für ihr Ego nur noch Bauchschmerzen übrig. Trotzdem: eine Täuschung bleibt eine Täuschung, und dies ist eine der schlimmsten. Sie ensteht aus der Verwechslung des Handwerkerstolzes eines Künstlers mit der dumpfen, gequälten Gelehrigkeit der Maschine. Der Unterschied ist erheblich und gewaltig. Selbst wenn er keinerlei Belohnung erhielte, setzte der Künstler unbeirrt seine Arbeit fort; der Lohn, den er für diese Arbeit erhält, ist oft so gering, daß er nicht zum Leben reicht. Man stelle sich nun aber vor, ein Textilarbeiter bekäme nichts für seine Arbeit: würde er dann noch weiterarbeiten? Kann man sich vorstellen, daß er freiwillig Mühen und Strapazen auf sich nimmt, nur damit er seine Seele in weiteren zweihundert Damenschlüpfern ausdrücken kann?

1919

Der Arzt

Hygiene ist die Korruption der Medizin durch Moral. Es gibt keinen Hygieniker, der nicht seine Theorie von der Gesundheit durch eine Theorie des tugendhaften Lebens entwertet. Alle hygienischen Anstrengungen münden letztlich in einen moralischen Appell. Und das bringt sie am Ende in einen diametralen Konflikt mit der eigentlichen Medizin. Deren Ziel ist es nicht, die Menschen besser zu machen, sondern sie vor den Folgen ihrer Laster zu schützen und zu bewahren. Der Arzt predigt keine Buße – er verabreicht Absolution.

1919

Der Wissenschaftler

Der Wert, den die Welt Motiven beimißt, ist oft überaus ungerecht und ungenau bemessen. Man bedenke zum Beispiel zwei von diesen Motiven: unersättliche Neugier und das Bedürfnis, Gutes zu tun. Das letztere wird hoch über das erste gestellt, und doch ist es das erste, das einen der nützlichsten Typen antreibt, den die menschliche Rasse bislang hervorgebracht hat: den Wissenschaftler und Forscher. Was ihn umtreibt, ist nicht irgendeine verwaschene Vorstellung von Dienst an der Menschheit, sondern ein grenzenloses, fast pathologisches Bedürfnis, ins Unbekannte vorzudringen, Geheimnisse zu lüften, herauszufinden, was noch niemand herausgefunden hat. Sein Prototyp ist nicht der Sieger, der Sklaven befreit, nicht der gute Samariter, der die Gefallenen aufrichtet, sondern ein Hund, der mit ungeheurem Eifer an einer unendlichen Reihe von Rattenlöchern herumschnüffelt.

1919

Der Geschäftsmann

Es ist Ausdruck eines gesunden Instinkts, daß man die Geschäftsleute unterhalb der akademischen Berufe ansiedelt und dem Geschäftsmann einen sozialen Minderwertigkeitskomplex aufbürdet, den er nie ganz abschütteln kann, selbst nicht in Amerika. Der Geschäftsmann fügt sich am Ende in dieses Rollenbild der eigenen Unterlegenheit, selbst wenn er lauthals dagegen protestiert. Er vertritt den einzigen Berufsstand neben dem Henker und dem Müllmann, der sich unentwegt für seine Tätigkeit entschuldigt. Er ist der einzige, der, wenn er am Ziel seiner Bemühungen angelangt ist (und das heißt, wenn er eine Menge Geld verdient hat), den Eindruck erwecken möchte, das dies im Grunde nicht das Ziel seiner Bemühungen war. 1921

Der König

Die wertvollste Gabe, die ein Mensch auf dieser Welt besitzen kann, ist eine von Natur aus überlegene Art, eine Begabung zu Blasiertheit und vornehmer Zurückhaltung. Die meisten Menschen sind von diesen Eigenschaften in der Regel sehr beeindruckt und halten sie für den Beweis echter Verdienste. Ihre angeborene Dummheit und Ängstlichkeit läßt sie jeden Führer bejubeln, der sie auf diese Weise behandelt; die Führerqualität, die von den Menschen am raschesten und bereitwilligsten akzeptiert wird, ist das äußerliche Gebaren. Dies ist die überzeugendste Erklärung für das Überleben der Monarchie, die in ihren ewigen Toden immer fortleben wird. 1921

Der Metaphysiker

Ein Metaphysiker ist jemand, der, wenn du feststellst, daß zwei mal zwei vier ergibt, wissen will, was du mit ›mal‹ meinst, was mit ›zwei‹, was mit ›ergibt‹ und was mit ›vier‹. Dafür, daß sie solche Fragen stellen, werden Metaphysiker in den Universitäten mit orientalischem Luxus umgeben und als gebildete und intelligente Menschen respektiert. 1949

Der Durchschnittsmensch

Es wird den marxistischen Genossen und ihrer materialistischen Geschichtsauffassung oft entgegengehalten, daß sie bestimmte geistige Eigenschaften ignorieren, die von Lohntabellen und der Warenzirkulation unabhängig sind. Diese Eigenschaften, so wird argumentiert, beeinflussen die Bestrebungen und Aktivitäten der zivilisierten Menschheit genauso, wie sie ihrerseits von den materiellen Lebensbedingungen beeinflußt sind; es ist deshalb nicht möglich, den Menschen ausschließlich für eine ökonomische Maschine zu halten. Als Beispiel zitieren die Antimarxisten gerne Regungen wie den Patriotismus, das Mitleid, ästhetisches Empfinden und die Sehnsucht nach Gott. Unglücklicherweise sind diese Beispiele schlecht gewählt. Millionen von Menschen haben keine Ahnung, was Patriotismus, Mitleid oder ästhetisches Empfinden ist, und ihre Sehnsucht nach Gott ist nicht sehr ausgeprägt. Warum erwähnen die Antimarxisten nicht eine geistige Eigenschaft, die wahrhaft universell verbreitet ist? Es gibt doch eine, die auf der Hand liegt – ich meine die Feigheit. Sie ist, in der einen oder anderen Form, in jedem Menschen deutlich erkennbar, ja, sie ist geradezu ein Kennzeichen, mit dem sich die Menschenrasse von den übrigen höheren Tieren unterscheiden läßt. Feigheit, davon bin ich überzeugt, liegt dem Kastensystem zugrunde, der Grundlage aller organisierten Gesellschaftsformen, selbst der demokratischsten. Um nicht selbst in den Krieg ziehen zu müssen, waren die Bauern bereit, den Soldaten gewisse Privilegien zu gewähren, und aus diesen Privilegien ist unsere gesamte Zivilisation entstanden. Gehen wir noch weiter zurück. Eigentum entstand aus der Tatsache, daß ein paar relativ mutige Männer mehr Besitz zusammenzuraffen verstanden als die breite Masse feiger Menschen und, was noch wichtiger ist, daß sie es verstanden, diesen Besitz nach seiner Anhäufung auch zu bewahren. 1922

Der Wahrheitssucher

Wer sich damit brüstet, daß er immer die Wahrheit sagt, ist jemand, der keinen Respekt vor der Wahrheit hat. Damit wirft man nicht um sich wie mit Kleingeld; es ist etwas, das man wertschätzt, aufbewahrt und nur dann hergibt, wenn es unbedingt nötig ist. Noch das winzigste Wahrheitsatom ist das Ergebnis größter Anstrengungen und Leiden eines Menschen; auf jedes handgreifliche Stück Wahrheit kommen das Grab eines tapferen Wahrheitsverkünders auf einem einsamen Scheiterhaufen und eine Seele, die in der Hölle schmort. 1922

Der Verwandte

Die Abneigung des normalen Menschen gegen seine Verwandten, besonders diejenigen zweiten Grades, wird von den Psychologen mit einer Reihe von verkrampften und unwahrscheinlichen Theorien erklärt. Die wahre Erklärung, so wage ich zu behaupten, ist sehr viel einfacher. Sie besteht in der schlichten Feststellung, daß jeder Mensch in seinen Verwandten, besonders seinen Vettern und Cousinen, groteske Karikaturen seiner selbst sieht. Diese Leute verkörpern seine eigenen Eigenschaften in verstörender Verstärkung bzw. Abschwächung; sie geben ihm das beunruhigende Gefühl, daß er möglicherweise genauso wie sie auf die Umwelt wirkt.

Deshalb verletzen Verwandte die Eigenliebe und erfüllen den Menschen mit heftigem Unbehagen. 1919

Der angeheiratete Verwandte

Ein Mann kann die Verwandten seiner Frau aus den gleichen Gründen nicht leiden, aus denen er die eigenen nicht ausstehen kann, weil sie ihm nämlich als abstoßende Karikaturen eines Wesens erscheinen, das er schätzt und respektiert: seiner Frau. Von allen diesen Verwandten ist ihm offensichtlich die Schwiegermutter am widerwärtigsten, denn sie verzerrt nicht nur das Bild seiner Frau, sondern führt ihm auch vor Augen, was aus seiner Frau wahrscheinlich eines Tages werden wird. Diese Vision löst bei ihm begreiflicherweise Übelkeit aus. Manchmal sind die Verhältnisse jedoch weniger kraß, das heißt, die Ehefrau könnte zum Beispiel die Karikatur ihrer jüngeren und hübscheren Schwester sein. In diesem Fall beginnt der Ehemann, der an seine Frau gebunden ist, allmählich diese Schwester zu verabscheuen – wie man stets den verabscheut, der das eigene Versagen und die eigene Versklavung symbolisiert. 1920

Der Freund

Ein Mann von aktivem und robustem Geist wächst über seine Freundschaften hinaus, genauso wie über seine Liebschaften, seine politischen Leidenschaften und seine Erkenntnistheorie. Alle diese Dinge werden für ihn mit der Zeit fadenscheinig, schäbig, aufgebläht, irritierend, deprimierend. Sie verwandeln sich von einer lebendigen Wirklichkeit zu todgeweihter Künstlichkeit und stehen in finsterem Kontrast zu Freiheit, Selbstrespekt und Wahrheit. Sie zu bewahren, nachdem sie hohl und fade geworden sind, ist ebenso schädlich wie den Ausdruck der Leidenschaft aufrechtzuerhalten, wenn die Leidenschaft nur noch eine Leiche ist. Ein kluger Mann, der daran denkt, daß das Leben kurz ist, widmet der kritischen Analyse seiner Freundschaften hin und wieder ein paar Stunden. Er wägt sie ab, korrigiert sie, unterzieht sie einem Härtetest. Einige behält er bei, möglicherweise mit radikalen Änderungen ihrer Bedingungen. Aber die meisten eliminiert er aus seinen Unterlagen und versucht, sie zu vergessen – genauso wie er die kalten und klebrigen Liebschaften des vorletzten Jahres zu vergessen sucht.

1919

Der Philosoph

Es gibt in der Geschichte der Menschheit keine Berichte über einen glücklichen Philosophen: solche Figuren existieren nur in romantischen Legenden. Viele von ihnen haben Selbstmord begangen, andere haben ihre Kinder vor die Tür gesetzt und ihre Frauen verprügelt. Kein Wunder. Wenn man erfahren will, was ein Philosoph fühlt, wenn er sich in Ausübung seines Berufes befindet, sollte man in den nächsten Zoo gehen und einen Schimpansen bei seiner ermüdenden und aussichtslosen Jagd auf Flöhe beobachten. Beide leiden erbärmlich, und keiner kann gewinnen.

1927

Der Altruist

Ein großer Teil des Altruismus, selbst in seiner ehrlichen Spielart, basiert auf der Tatsache, daß es ein unangenehmes Gefühl ist, unglückliche Menschen um sich zu haben. Das gilt besonders für das Familienleben. Ein Ehemann macht bei den Wünschen seiner Frau erhebliche Zugeständnisse – nicht etwa, weil es ihm Spaß macht, das aufzugeben, was er selber gerne hätte, sondern weil es ihm noch viel weniger Spaß macht, ein saures Gesicht am Abendbrottisch zu sehen. 1920

Der Ikonoklast

Der Ikonoklast hat seine Existenzberechtigung bereits erwiesen, wenn er mit seinen Blasphemien beweist, daß dieses oder jenes Idol erhebliche Mängel in seiner Glaubwürdigkeit aufweist, daß die Zweifel zumindest *eines* Besuchers des Heiligen Schreins nicht ausgeräumt werden konnten. Die Befreiung des menschlichen Geistes ist am stärksten von jenen munteren Burschen befördert worden, die an den größten Heiligtümern ketzerisch Kritik geübt und diese Tat dann lautstark in alle Welt ausposaunt haben – sie haben den Menschen bewiesen, daß ihre Zweifel berechtigt waren, daß der Gott im Heiligtum ein Pseudogott war. Ein einziges wieherndes Gelächter ist mehr wert als zehntausend Syllogismen. 1924

Der Junggeselle

Um jeden Junggesellen, der älter als fünfunddreißig ist, ranken sich Legenden – vor allem was die Gründe seines Zölibats betrifft. Wenn man schon nicht über ihn flüstert, daß er in gewisser Hinsicht behindert und deshalb nach dem hehren Prinzip der Verantwortung gegenüber dem Ungeborenen von der Ehe ausgeschlossen sei, wird unter dem Siegel der Verschwiegenheit über ihn kolportiert, daß er im Alter von sechsundzwanzig Jahren unsterblich in eine Schöne verliebt gewesen sei, die ihm schließlich einen Versicherungsvertreter vorgezogen und damit sein Herz für immer gebrochen habe. Derartige Geschichten sind fast immer Phantasiegespinste. Der Grund, weshalb der durchschnittliche Junggeselle von fünfunddreißig unverheiratet bleibt, ist sehr einfach. Es ist die schlichte Tatsache, daß keine normal attraktive und intelligente Frau jemals den ernsthaften und entschlossenen Versuch gemacht hat, ihn zu heiraten. 1922

Der ewige Mann

Man höre nur zu, wenn sich zwei oder drei Jungen unterhalten – ihr Geschnatter besteht fast nur aus Prahlereien: Sie geben an mit ihren sportlichen Großtaten, ihren Erfolgen in der Schule, dem Reichtum und der Vitalität der Väter, der Eleganz ihrer Elternhäuser. Kaum anders als bei den Knaben in zartem Alter ist es bei den älteren Knaben. Der Mann ist von allen Vierfüßern der eitelste und der schwachsinnigste. Ein richtiger Pfau wirkt neben dem Mann wie ein unbedarftes Veilchen. Er kann sich immer nur im Mittelpunkt des Geschehens sehen. Wenn er den Mund aufmacht, spricht er grundsätzlich nur von sich selbst. Selbst die lächerlichste Handlung führt er nur dann aus, wenn er sich dabei in Szene setzen kann. Wie banal auch die Lage ist, in der er sich befindet – er versucht immer, etwas Einzigartiges und Ruhmreiches für sich daraus zu machen. Wenn er in einem seiner obskuren und trübseligen Kämpfe mit einem anderen Schwachkopf zufällig die Oberhand behalten hat, erfüllt ihn diese Tatsache mit solchem Stolz, daß er zu platzen droht. Und wenn er, statt die Oberhand zu behalten, mit einem geschickten Hieb zu Boden gestreckt worden ist, genießt er seine beschämende Niederlage fast mit der gleichen Inbrunst. So haben wir auf der einen Seite den Helden und auf der anderen den Märtyrer. Beide sind kindische und unerträgliche Typen. Beide sind durch und durch falsch.

1919

Der weibliche Verstand

Die Frauen in der Umgebung eines Mannes halten diesen Mann, trotz aller äußerlichen Respektsbezeugungen für seine Verdienste und Autorität, heimlich immer für einen Esel, und das mit beinahe an Mitleid grenzenden Gefühlen. Selbst mit den kecksten Aussprüchen und Aktionen kann er sie nur selten hinters Licht führen – die Frauen erkennen den wirklichen Mann in ihm: einen hohlen und lächerlichen Tropf. In diesem Tatbestand liegt wahrscheinlich einer der überzeugendsten Beweise für die weibliche Intelligenz oder, wie man gemeinhin sagt, für die weibliche Intuition. Die Merkmale dieser sogenannten Intuition sind eine scharfe und präzise Wahrnehmung der Wirklichkeit, eine erbarmungslose Fähigkeit, zwischen Schein und Sein deutlich zu unterscheiden. Im normalen Familienleben ist er dem Schein nach ein Held, ein Zampano und Halbgott – dem Sein nach, in Wirklichkeit dagegen ein armseliger Scharlatan.

Eine Ehefrau mag ihren Gatten, soviel sei eingeräumt, um einige seiner beruhigenden, sentimentalen Eigenschaften beneiden. Vielleicht beneidet sie ihn auch um seine maskuline Freiheit der Orts- und Berufswahl, seine unerschütterliche Selbstgefälligkeit, sein bäurisches Vergnügen an den kleinen Lastern, seine Gabe, die rauhen Seiten der Wirklichkeit mit dem Mäntelchen der Romantik zu umhüllen, seine allgemeine Unschuld und Kindlichkeit. Aber nie wird sie ihm um seine schlampige und aufgeblähte Seele beneiden.

Dieses kluge Durchschauen männlicher Großspurigkeit und Heuchelei, dieser sichere Instinkt für den Mann in seiner tragischen Rolle als ewiger Komödiant ist das Grundelement jener teilnahmsvollen Ironie, die uns unter der Bezeichnung ›mütterlicher Instinkt‹ geläufig ist. Ein Frau will einen Mann vor allem deshalb bemuttern, weil sie seine Hilflosigkeit erkennt, sein Bedürfnis nach einer heimeligen Umgebung, seinen rührenden Hang zum Selbstbetrug. Der ironische Ton ist nicht nur im Alltagsleben allgegenwärtig, er bestimmt auch die gesamte weibliche Romanliteratur. Die Romanautorin, die sich so geschickt verhält, daß man sie ernst nimmt, nimmt ihrerseits ihre Helden niemals ernst. Von Jane Austen bis zu Selma Lagerlöf haben Romanautorinnen ihren Charakterporträts immer einen Ton überlegener Distanz und kaum verhüllter Geringschätzung beigemischt. Ich kenne nicht eine einzige von einer Frau geschaffene Männerfigur, die nicht im Grunde ihrer Seele ein Hampelmann wäre.

Daß es in diesem senilen Spätstadium der menschlichen Rasse nötig ist zu betonen, daß Frauen eine subtile und flexible Intelligenz besitzen, ist ein beredtes Zeugnis für die beschränkte Beobachtungsgabe, hoffnungslose Voreingenommenheit und allgemeine Unbedarftheit ihrer Herren und Meister. In der Tat sind Frauen nicht nur intelligent – sie haben geradezu ein Monopol auf jene feineren und nützlicheren Formen der Klugheit, die man als einen besonderen weiblichen Charakterzug beschreiben könnte; er enthält, in einer ganzen Reihe seiner Manifestationen, ebenso deutlich wie Grausamkeit, Masochismus oder Rouge, etwas speziell Weibliches. Männer sind stark. Männer sind tapfer im Wettkampf. Männer sind romantisch und lieben, was sie für Tugend und Schönheit halten. Männer neigen zu Glauben, zu Hoffnung und Wohltätigkeit. Männer verstehen sich auf harte Arbeit, sie haben Ausdauer. Männer sind liebenswert und liebevoll. Aber was ihr Verständnis der elementaren Wirkungsweise von Intelligenz angeht, das heißt ihr

Verständnis des Wahrheitskerns in einem Wust von Wolken und Halluzinationen, sowie ihre Entschlossenheit, diesen Kern sichtbar zu machen – in dieser Hinsicht sind sie feminin und die Kinder ihrer Mütter. Die wesentlichen Charaktermerkmale und Eigenschaften des Mannes, die Kennzeichen des unverfälscht Maskulinen, sind gleichzeitig die Merkmale des Schrumpfkopfes. Der Höhlenmensch besteht nur aus Mark und Knochen. Ohne eine Frau, die für ihn denkt und ihn anleitet, ist er ein jämmerlicher Anblick: ein Baby mit Backenbart, ein Kaninchen mit dem Knochengerüst eines Auerochsen, eine groteske, klägliche Karikatur Gottes.

Ich will damit natürlich nicht behaupten, daß das männliche Element nichts zu den komplexen chemisch-physiologischen Reaktionen beiträgt, die für die Herausbildung überragender Fähigkeiten verantwortlich sind – was ich behaupte, ist lediglich, daß dieser komplizierte Vorgang ohne den weiblichen Beitrag unmöglich ist, d. h., daß er das Ergebnis des Zusammenwirkens beider Komponenten ist. Bei begabten Frauen haben wir die umgekehrte Situation vor uns. Sie sind in der Regel maskulin, sie rasieren sich sozusagen innerlich, und strahlen dennoch Überlegenheit aus. Man denke nur an George Sand, Katharina die Große, Elisabeth I. von England, Rosa Bonheur[1], Teresa Carreno[2] oder Cosima Wagner. Keines der beiden Geschlechter ist ohne den befruchtenden Einfluß komplementärer Charakterzüge des anderen zu wirklichen Höchstleistungen fähig. Der Mann ist, ohne einen Schuß Weiblichkeit, zu tölpelhaft, zu naiv und romantisch, er wird zu leicht von seiner

1 1822-1899, in England und Amerika besonders geschätzte französische Tiermalerin.

2 1853-1917, venezolanische Sängerin und Pianistin, Schülerin von Arthur Rubinstein.

Phantasie eingelullt und abgelenkt, um etwas Bemerkenswerteres zu werden als Kavallerieoffizier, Theologe oder Fabrikdirektor. Und die Frauen sind, ohne einen Rest von göttlicher, nämlich männlicher Unschuld, allzu realistisch, wenn es um jene gewaltigen Projektionen der Einbildungskraft geht, die wir mit dem Begriff des Genialen bezeichnen. Dem ganz und gar männlichen Mann fehlt der Grips, der dazu nötig ist, seinen heimlichen, wilden Träumen objektive Form zu verleihen, und die durch und durch weibliche Frau ist in der Regel zu zynisch veranlagt, um überhaupt träumen zu können.

Was die Männer in ihrem Egoismus ebenso beharrlich wie irrtümlich für einen Mangel an Intelligenz bei den Frauen halten, ist lediglich deren Unfähigkeit, sich jene vielen kleinen intellektuellen Tricks anzueignen, diese Anhäufungen unerheblichen Wissens, diese zerebralen Stempelkollektionen, die das wichtigste geistige Rüstzeug des Durchschnittsmannes sind. Ein Ehemann glaubt, daß er intelligenter als seine Frau ist, bloß weil er eine Zahlenreihe zuverlässiger addieren oder die Parolen rivalisierender Politiker unterscheiden kann oder sich den Details eines trübseligen Berufs bzw. eines Unternehmens verschrieben hat.

Aber diese belanglosen Begabungen sind natürlich keine echten Zeichen von Intelligenz, sondern lediglich eine Ansammlung kleiner Maschen und Mätzchen; ihre Aneignung erfordert etwa die geistige Anstrengung, die der Schimpanse aufbringt, wenn er lernt, wie man einen Pfennig auffängt oder ein Streichholz entzündet.

Das intellektuelle Gepäck des durchschnittlichen Geschäftsmannes (und auch das des Durchschnittsakademikers) verrät ein hohes Maß an Kindlichkeit. Um ihre täglichen windigen Geschäfte zu betreiben oder die normale Dosis an schlechter Medizin oder noch schlechterer

Justiz zu verabreichen, bedarf es der gleichen Geisteskräfte, die man braucht, um ein Taxi zu steuern oder einen Fisch in der Pfanne zu braten. Jeder, der die typischen Vertreter der Geschäftswelt oder der akademischen Berufe aus der Nähe beobachtet – ich beschränke mich auf die erfolgreicheren unter ihnen und klammere die Versager aus –, wird über die geistige Trägheit, die unerschütterliche Biederkeit und den erschreckenden Mangel an gesundem Menschenverstand bei diesen Leuten staunen. Der kürzlich verstorbene Charles Francis Adams, Enkel eines amerikanischen Präsidenten und Großenkel eines anderen, pflegte im Alter zu erzählen, nachdem er ein langes Leben in nächster Nähe der wichtigsten amerikanischen Wirtschaftsbosse zugebracht hatte, daß er von keinem einzigen jemals einen auch nur halbwegs bemerkenswerten Satz gehört habe. Allesamt waren sie energische und virile Männer, die in einer Männerwelt das Höchste erreicht hatten – intellektuell waren sie durch die Bank taube Nüsse.

Es gibt in der Tat gute Gründe für die Behauptung, daß der Erfolg dieser Männer bei ihren diversen kruden Tätigkeiten eher *gegen* ihre Intelligenz spricht – die Fähigkeit, geschickt mit ausgemacht läppischen Dingen umzugehen, zeugt von geistiger Minderbemitteltheit. Dieser Befund wird bestätigt, wenn man die bekannte Unfähigkeit tatsächlich erstrangiger Köpfe in praktischen Dingen betrachtet. Man kann sich Aristoteles eben nicht als jemand vorstellen, der bei der Multiplikation von 3472701 mal 999999 keinen Fehler macht, ebensowenig wie man ihn sich denkt als jemand, der die Schwankungen der Eisenbahn-Aktienkurse im Verlauf der letzten zwei Jahre im Kopf hat oder der weiß, wie viele Nägel das Gewicht einer Tonne ausmachen oder was eine Ladung Schmalz von Galveston nach Rotterdam an Frachtgebühren kostet. Aus dem gleichen Grund kann man ihn sich nicht als Bridge-Experten vorstellen oder als guten Golfspieler – als gut in irgendeinem dieser idiotischen Spiele, bei denen sich die sogenannten erfolgreichen Männer entspannen. In seiner umfassenden Untersuchung des britischen Genius hat Havelock Ellis festgestellt, daß ein Versagen in diesen zweifelhaften Bereichen fast allen erstrangigen Männern gemeinsam ist. Diese Leute können sich ihre Krawatten nicht richtig binden. Buchhaltung ist für sie ein Buch mit sieben Siegeln. Sie kennen sich in parteipolitischen Fragen nicht aus – kurz, sie sind unfähig und impotent gerade auf den Gebieten, in denen sich der Durchschnittsmann auszeichnet, und sie lassen sich widerstandslos von Männern übertrumpfen, die ihnen intellektuell nicht das Wasser reichen können.

Der Mangel an Talent für manuelle und mentale Geschicklichkeiten der trivialsten Art (der einem Frisör als Dummheit, einem erfolgreichen Textilkaufmann als kapitale Beschränktheit erscheinen muß), ist ein Charaktermerkmal, das erstklassige Männer mit erst-, zweit- und drittklassigen Frauen teilen. Man hört selten von Frauen, die in Berufen Erfolg haben, zu denen besondere Sachkenntnisse gehören: zum Beispiel Klavierstimmer, Rechtsanwalt, Leitartikelschreiber – obwohl die meisten dieser Tätigkeiten physisch durchaus im Bereich ihrer Möglichkeiten lägen und obwohl man Frauen in diesen Berufen kaum gesellschaftliche Hindernisse in den Weg legt. Es gibt keine äußerlichen Gründe dafür, warum Frauen keine guten Juristen sein sollten oder Zeitschriftenherausgeber, oder Fabrikdirektoren, oder Großhandelskaufleute, oder Hotelmanager. Die Tabus, die ihnen hier im Wege stünden, sind letztlich unerheblich, und so manche unternehmungslustige Frau hat sich mit Elan über sie hinweggesetzt: sobald die Tür einmal aufgestoßen wird, ist die Bahn in der Regel frei. Aber, wie wir alle wissen, ist die Zahl der Frauen in diesen Berufen sehr gering, und nur sehr wenige von ihnen haben sich im Wettbewerb mit Männern bisher besonders hervorgetan.

Der Grund dafür ist, wie gesagt, kein äußerer, sondern ein innerer. Er hat etwas zu tun mit der gleichen Gabe für die Wahrnehmung größerer Zusammenhänge, der gleichen Ungeduld mit Erbärmlichkeit und Angeberei, der gleichen Unbegabtheit für mechanische Routine und leeren Drill, wie man sie in den besseren Vertretern der Spezies Mann findet. –

In den Vereinigten Staaten ist die Stellung der Frau besser als in jedem anderen zivilisierten oder halbzivilisierten Land, und das alte Klischee von der intellektuellen Unterlegenheit der Frau ist hier erfolgreich abgebaut worden. – Nirgendwo sonst in der Welt haben die Frauen mehr Freizeit und Freiheit, sich weiterzubilden, nirgendwo sonst legen sie größere Intelligenz an den Tag – aber nirgendwo sonst wird auch so schlecht gekocht wie in amerikanischen Häusern, wird der gesamte Haushalt so miserabel geführt, verläßt man sich so sklavisch auf Hilfe von außen (die von den Männern organisiert wird) in Angelegenheiten, die im Grunde leicht zu erledigen wären. Es ist sicher kein Zufall, daß das Land der emanzipierten und machtbewußten Frauen auch zugleich das Land der Dosensuppen ist, des Schweinebratens und anderer fertiger Mahlzeiten aus der Konservenbüchse. Und nirgendwo sonst gibt es eine so ausgeprägte Tendenz, das ganze Geschäft der Kindererziehung professionellen Pädagogen zu übertragen, die meistens Idioten sind, und die Sorge um ihre körperliche Entwicklung Kinderärzten, Spielplatz-›Experten‹, Sex-Hygienikern und anderen Spezialisten, die in der Regel Gauner sind.

Kurz, die Frauen rebellieren – oft unbewußt, manchmal sogar reuevoll – gegen die stumpfsinnigen Verrichtungen, die das derzeitige System unserer Gesellschaft sie für ihren Lebensunterhalt zu vollführen zwingt, und diese Rebellion zeugt von ihrer Intelligenz. – Bei Aufgaben, für die man lediglich stupide Technik und ein gewisses Maß an Schikane braucht, versagen die Frauen meistens; wo jedoch unabhängiges Denken und Erfindungsgabe nötig sind, sind sie erfolgreich. So sind sie zum Beispiel meistens Versager als Rechtsanwältinnen, denn für die Juristerei braucht man bloß einen Vorrat an leeren Phrasen und stereotypen Formeln sowie eine geistige Einstellung, die diesen Formelkram über den gesunden Menschenverstand, ja über Wahrheit und Gerechtigkeit stellt. Frauen versagen meist auch im Geschäftsleben, denn die Geschäftswelt ist überwiegend eine üble Mischung aus Trivialität und Betrügerei, gegen die der weibliche Instinkt für intellektuelle Integrität revoltiert. Frauen sind gewöhnlich gut als Krankenschwestern, denn dieser Beruf verlangt Gescheitheit, rasche Auffassungsgabe, Mut in überraschenden und heiklen Situationen – vor allem aber starke und feste Charaktereigenschaften.

Die Männer neigen dazu, wie jeder weiß, den Frauen jede intellektuelle Überlegenheit abzusprechen: ihr Egoismus verlangt das einfach von ihnen, und sie sind selten bereit, darüber nachzudenken, welche logischen oder sonstigen Beweise sie für diese Haltung ins Feld führen könnten. Überdies scheint diese Einstellung eine gewisse vordergründige Plausibilität zu besitzen; die Männer haben den Frauen eine künstliche Rolle aufgezwungen, die ihren wahren Charakter völlig verdeckt, und die Frauen haben es als vorteilhaft empfunden, dieses Betrugsmanöver noch zu unterstützen. Aber obwohl jeder normale Mann sich der angenehmen Illusion hingibt, daß er allen Frauen, und ganz besonders der eigenen Ehefrau, intellektuell weit überlegen ist, straft er diese Überzeugung doch ständig Lügen, wenn er sich immer wieder hilfesuchend an die weibliche Intuition wendet. Das heißt, er weiß aus Erfahrung, daß das weibliche Urteil in vielen entscheidenden Fragen subtiler und gründlicher ist als sein eigenes; da er aber keine Neigung verspürt, diese größere Klugheit einer kompetenteren Intelligenz zuzuschreiben, nimmt er hinter der Hypothese Zuflucht, daß diese weibliche Überlegenheit mit irgendeinem unergründlichen Talent der Frauen zum richtigen Raten zusammenhängt – einem halb mystischen Über-Sinnn, einem vagen, unter-menschlichen Instinkt.

Kein Mann, so vermute ich – es sei denn, es handelt sich um ein besonders minderwertiges oder unter dem Pantoffel stehendes Exemplar –, würde seine Frau um Rat fragen, wenn es darum ginge, einen Büroangestellten anzuheuern oder irgendeinem unwichtigen Kunden den Kredit zu verlängern – oder um irgendeine andere routinemäßige Betrügerei. Aber kein Mann, nicht einmal der egoistischste, würde es versäumen, den Rat seiner Frau einzuholen, wenn es darum ginge, einen Partner ins Geschäft aufzunehmen, sich um ein öffentliches Amt zu bewerben oder die eigene Tochter vorteilhaft zu verheiraten. Solche Dinge sind von der größten Wichtigkeit, sie berühren die Grundfesten des Wohlbefindens, sie verlangen dem Mann, der mit solchen Problemen konfrontiert ist, die besten Ideen ab; die mit einer falschen Entscheidung verbundenen Risiken verbannen selbst die Ansprüche der Eitelkeit in den Hintergrund. In genau diesen Situationen ist der überlegene geistige Zugriff der Frauen von offensichtlicher Nützlichkeit und muß deshalb auch zugegeben werden.

Genau in diesen Situationen erheben sie sich über die läppischen Sentimentalitäten, Marotten und Klischees der Männer und beweisen ihre einzigartige Fähigkeit, Schein und Sein auseinanderhalten zu können – jene Gabe, die man weibliche Intuition nennt.

Intuition? Unsinn! Frauen sind in Wahrheit die größten Realisten der menschlichen Rasse. Scheinbar unlogisch, besitzen sie vielmehr eine seltene und subtile Super-Logik. Scheinbar wankelmütig, klammern sie sich an die Wahrheit mit einer Hartnäckigkeit, der dieses schwammige, chamäleonhafte Phänomen nicht entrinnen kann. Scheinbar unaufmerksam und leicht zu hintergehen, blicken sie mit hellen, untrüglichen Augen in die Welt... Es gibt gelegentlich wohl auch Männer, die diese Art von erbarmungslosem Durchblick besitzen – Männer mit einer besonderen Begabung für Logik, sardonische Männer, Zyniker. Auch Männer haben manchmal Grips. Aber das wäre in der Tat ein sehr seltenes Exemplar von Mann, so wage ich zu behaupten, der so gleichmäßig intelligent, so urteilssicher, so wenig ablenkbar durch Äußerlichkeiten wäre wie die durchschnittliche Mehrfachgebärende von achtundvierzig Jahren. 1918

Frauen als Geächtete

Vielleicht liegt der größte Charme der Frauen, sieht man sie als Figuren der menschlichen Gesellschaft, in der Tatsache, daß sie relativ unzivilisiert sind. In all den puerilen Repressionen und Hemmungen, die sie wie eine Hecke umgeben, zeigen sie nach wie vor die Geisteshaltung von Zigeunern und Aussätzigen. Eine Frau schert sich den Teufel um Recht und Gesetz, wenn Recht und Gesetz ihren privaten Interessen im Wege stehen. Die

Vorzüge der Zivilisation, die uns von sentimentalen Schwachköpfen so lautstark empfohlen werden, machen uns blind für ihre offensichtlichen Nachteile. Im Grunde ist die Zivilisation nichts als ein Instrument, um damit die Menschen zu schurigeln. Ihr treffendes Symbol ist der Gleichschritt. Der im konventionellen Sinne zivilisierteste Mann ist derjenige, dem es am besten gelungen ist, seine ehrlichen und natürlichen Instinkte zu knebeln und zu unterdrücken, derjenige, der seinem Ego die grausamste Gewalt angetan hat, im Interesse der Allgemeinheit. Der Wert dieser Allgemeinheit wird maßlos überschätzt. Was ist der eigentliche Zweck dieser Allgemeinheit? Das größte Glück für die größte Menge – das heißt für kleinkarierte Grobiane, Dummköpfe und Hasenfüße.

Die Fähigkeit, sich dieser Kleinkrämer-Zivilisation anzupassen und in ihr zu gedeihen, ist bei Männern sehr viel ausgeprägter als bei Frauen, und sie ist viel häufiger bei minderwertigen Männern anzutreffen als bei solchen der höheren Kategorien. Es muß selbst einem so lächerlichen Esel wie einem Universitätsprofessor der Geschichte einleuchten, daß nur sehr wenige wirklich erstrangige Männer in dem Sinn zivilisiert waren, wie die Zeitungen diesen Begriff verstehen. Man denke nur an Cäsar, Napoleon, Luther, Friedrich den Großen, Cromwell, Barbarossa, Innozenz III., Bolivar, Hannibal, Alexander und, in unseren Tagen, Grant[1], Stonewall Jackson[2], Bismarck, Wagner und Cecil Rhodes[3].

1 Ulysses Simpson Grant (1822-1885), achtzehnter Präsident der Vereinigten Staaten von 1869 bis 1877.

2 Thomas Jonathan Jackson (1824-1863), amerikanischer General, dessen Truppen im Bürgerkrieg »wie eine Mauer aus Steinen« standen, daher der Beiname Stonewall Jackson.

3 Cecil John Rhodes (1853-1902), britischer Geschäftsmann, der in Südafrika zu Reichtum und politischer Macht gelangte. Minister-

Die Tatsache, daß Frauen eher in der Lage sind als Männer, ihre Gefühle zu beherrschen und zu verbergen, ist kein Indiz dafür, daß sie zivilisierter, sondern eher dafür, daß sie weniger zivilisiert sind. Diese Fähigkeit ist nämlich ein Merkmal von Wilden, nicht von zivilisierten Menschen, und ihr Verlust ist der Preis, den die menschliche Rasse für die fragwürdigen Segnungen der Zivilisation zahlen mußte. Der echte Wilde – zurückhaltend, würdevoll und höflich – weiß, wie er seine Empfindungen verbirgt, selbst noch im Angesicht der frechsten Attacke auf sie; der echte Zivilisationsmensch gibt ihnen unentwegt nach. Die Zivilisation wird immer weinerlicher und hysterischer; besonders in Demokratien degeneriert sie häufig zu einem bloßen Wettstreit abstruser Ideen. Das Hauptziel der Politiker besteht darin, die Bevölkerung dadurch in Angst zu versetzen (und sie begierig auf Erlösung von dieser Angst zu machen), daß man sie mit einer endlosen Reihe von Schreckgespenstern bedroht, die allein zu diesem Zweck erfunden worden sind.

Kriege werden heute nicht mehr von überragenden Männern begonnen, die in der Lage sind, klug und leidenschaftslos Ursachen und Wirkungen zu analysieren, sondern dadurch, daß der Mob in Panik versetzt wird. Sie werden erst dann beendet, wenn dieser Mob seine unbändige Wut ausgetobt hat. Die Wirkung der Zivilisation besteht in diesem Falle darin, daß eine Kunst, die früher nur einigen wenigen hervorragenden Menschen vorbehalten war, auf das Niveau eines Überfalls auf ein Freudenhaus oder eine Prügelei in einem Badeort heruntergezogen worden ist. Sämtliche Kriege der Christen-

präsident der Cape Colony von 1890 bis 1896; Namenspatron von Rhodesien.

heit kommen uns heute abstoßend und entwürdigend vor. Sie sind aus den Händen von Aristokraten und Rittern in die Hände von Demagogen, Geldverleihern und Sensationshändlern übergegangen. Wer den Krieg als Selbsterneuerung in großem Stil erfahren will, wie noch Prinz Eugen, Marlborough und der alte Dessauer, der muß heute bei barbarischen Völkern sein Glück versuchen. 1921

Die Verlockung der Schönheit

Mit Ausnahme des Bühnenhelden besitzt heutzutage der schöne Mann im Liebeswettstreit keinen einzigen Vorteil mehr gegenüber seinen weniger ansehnlichen Mitbrüdern. Im Alltagsleben wird er sogar von fast allen Frauen (ausgenommen die ganz törichten) mit Mißtrauen betrachtet. Eine Warenhausverkäuferin mag sich vielleicht in einen Filmschauspieler verlieben und eine schwachsinnige Witwe sich an einen Gigolo mit Schultern wie der Parthenon verlieren, aber keine Frau, die etwas auf sich hält (selbst wenn sie vorübergehend den Reizen eines Stiers erliegt), würde sich diese Schwäche auch nur für eine Sekunde verzeihen (oder sie ihrer besten Freundin anvertrauen).

Diese Verachtung für den Hübschling wird von Amateurpsychologen häufig damit erklärt, daß Frauen eben kein Gefühl für Schönheit und Ästhetik haben – daß ihnen, mit anderen Worten, die rasche Reaktion des Mannes auf ästhetische Reize abgeht. Nichts könnte absurder sein.

In Wirklichkeit haben Frauen in der Regel ein sehr viel feineres ästhetisches Empfinden als Männer. Schönheit ist ihnen wichtiger, sie verwenden mehr Gedanken auf sie, sie brauchen sie dringender in ihrer unmittelbaren Umgebung. Der Duchschnittsengländer oder -amerikaner ist auf eine bornierte Weise stolz auf seine Gleichgültigkeit gegenüber den Künsten – er kann sie sich allenfalls als eine leicht anrüchige Form der Unterhaltung vorstellen. Selten erlebt man, daß ein Mann auch nur die Hälfte der Begeisterung für einen schönen Gegenstand aufbringen kann, die seine Frau angesichts eines schönen Stoffes, einer prächtigen Farbe oder einer eleganten Form ausdrückt. Frauen sind der sogenannten männlichen Schönheit gegenüber resistent – aus dem einfachen und überzeugenden Grund, daß diese Schönheit meistens auf Einbildung beruht.

Ein wahrhaft schöner Mann ist so selten wie ein wahrhaft schöner Edelstein. Was die Männer bei sich als Schönheit mißverstehen, ist gewöhnlich nichts als eine gewisse hohle Grellheit, eine abstoßende Geckenhaftigkeit, der billige Glanz eines herumstolzierenden Tieres. Der attraktivste Filmschauspieler ist, mit rein ästhetischen Maßstäben gemessen, nichts als kaschierte Vulgarität; man findet seinesgleichen nicht in den Uffizien oder in den Harmonien von Brahms, sondern auf den Plüschsofas, Rokoko-Uhren und handgemalten Ölbildern drittklassiger Auktionshäuser.

Alle Frauen, mit Ausnahme der Unbedarftesten, durchschauen diese Maskerade auf den ersten Blick. Sie wissen, daß der menschliche Körper, abgesehen von einer kurzen Zeit während der Kindheit, nicht schön, sondern abstoßend ist. An ihren eigenen Körpern haben sie nur wenig Freude; sie sind unablässig damit beschäftigt, sie zu verkleiden und zu verhüllen. Sie exponieren ihre Körper nie aus ästhetischen Motiven, sondern allenfalls aus solchen krudester sexueller Provokation. Wenn man sich eine libertine Männertruppe vorstellt, die in aller Öffentlichkeit einen Striptease ankündigte, wären die einzigen an dieser Veranstaltung interessierten Frauen ein paar Damen mit verzögerter Adoleszenz, ein oder zwei psychopathische alte Jungfern und ein Trüpplein vergrämter Mitglieder christlicher Frauenvereine.

Männer empfinden keine ähnlich gescheite Wertschätzung für die relativ bescheidenen Vorzüge der menschlichen Gestalt. Die wirksamste Anziehungskraft, die eine Frau auf einen Mann ausüben kann, ist der Reiz dessen, was er irrtümlich für ihre Schönheit hält. Diese sogenannte Schönheit ist natürlich fast immer pure Illusion.

Der weibliche Körper ist, selbst im günstigsten Fall, mit vielen Mängeln behaftet; er hat ungeschlachte Kurven und sehr ungeschickt verteilte Massen; im Vergleich damit ist ein normaler Milchbecher, ja selbst ein Spucknapf ein intelligent und ästhetisch wohltuend entworfener Gegenstand – kurz, ein Kunstwerk. Unterhalb des Halses und der Taille gibt es zwei Anhäufungen von Masse, die sich gegen jede ausgewogene Verteilung sträuben. Von der Seite gesehen, stellt die Frau ein großes ›S‹ dar, das von einer ungleichmäßig geraden Linie durchschnitten wird – unwillkürlich erinnert sie an ein beschwipstes Dollar-Zeichen.

Überdies findet man nur äußerst selten eine Frau, die wenigstens von jener schlichten Ansehnlichkeit ist, deren ihr Geschlecht zumindest theoretisch fähig ist; nur die seltene, ausgesprochene Schönheit ist überhaupt erträglich. Die Durchschnittsfrau – es sei denn, sie schafft mit künstlichen Mitteln Abhilfe – ist ungraziös, unförmig, unästhetisch proportioniert und selbst nach weiblichen Maßstäben grobschlächtig zusammengesetzt.

Sollte sie im Besitz eines gefälligen Oberkörpers sein, wird dessen Wirkung mit Sicherheit durch O-Beine ruiniert. Hat sie schöne Beine, so läßt mit einiger Wahrscheinlichkeit ihr Haar zu wünschen übrig. Hat sie gute Haare, sind vermutlich ihre Hände plump, ihre Augen stumpf, und sie hat kein Kinn. Eine Frau, die den strengsten Schönheitsanforderungen entspricht, ist so selten, daß sie zu einer Art Ausnahmeerscheinung stilisiert wird und sich durch die bloße Zurschaustellung ihres Körpers ihren Lebensunterhalt verdient – entweder auf der Bühne, in der Halbwelt oder als das private Schmuckstück irgendeines reichen Kenners und Liebhabers. 1921

Frauen als Realpolitiker

Frauen sind im allgemeinen viel zu realistisch, um irgendeinen Respekt vor sogenannten Ideen zu empfinden.

Man hört selten davon, daß sie an irgendeiner jener großen Pseudo-Wahrheiten leiden (oder gar sterben), an die zu glauben sich die Männer gewöhnt haben. Wenn eine Frau mit ihrem Ehemann leidlich auskommt, ist sie in der Regel auch bereit, seine blödsinnigen Auslassungen über irgendein Thema zu ertragen, das ihn gerade beschäftigt, sei es nun theologischer, ökonomischer, epistemologischer oder politischer Natur. Wenn man von einem Republikaner hört, der eine demokratische Ehefrau hat, oder umgekehrt, kann man mit Sicherheit annehmen, daß diese Ehefrau bereits ein Auge auf einen schöneren, reicheren oder manipulierbareren Typ geworfen hat und im Begriff steht, einen Rechtsanwalt zu Rate zu ziehen. 1924

Doppeltes Maß

Der doppelte Maßstab der Moral wird in dieser Welt so lange existieren, wie eine Frau, deren Mann einer anderen auf den Leim gegangen ist, sich des Mitgefühls und der Tränen anderer Frauen sicher sein kann, und ein Mann, dem seine Frau weggelaufen ist, von anderen Männern ausgelacht wird.

1923

Ein neuer Verwendungszweck für Kirchen

Nimmt man die Existenz Gottes als gegeben an, folgt daraus ganz natürlich, daß ihm ein eigenes Haus geweiht sein sollte. Er ist von allumfassender Bedeutung, und es ist gut so, daß der Mensch dieser Tatsache Rechnung trägt.

Aber warum sollen wir ihn eigentlich lobpreisen und umschmeicheln für seine unsäglichen Grausamkeiten? Warum sollen wir großzügig darüber hinweggehen, daß er sich beharrlich weigert, das leicht zu Korrigierende zu verbessern? Warum sollen wir die Kirchen ausschließlich zur Andacht benutzen? Warum sollen wir nicht hin und wieder Versammlungen in ihnen abhalten, in denen wir unserem berechtigten Unmut Luft machen?

Wenn Gott eine Bitte erhören kann, besteht Grund zu der Annahme, daß er auch eine Beschwerde entgegennimmt. Vielleicht freut er sich sogar darüber, daß seine Geschöpfe so nachdenklich und selbständig geworden sind. Ja, solche Beschwerden könnten ihm sogar dabei helfen, mit seiner unendlich schwierigen und komplizierten Arbeit besser fertig zu werden. Die Theologie hat in der Tat schon Überlegungen in dieser Richtung angestellt. Auf jeden Fall hat sie die primitive Doktrin von der göttlichen Willkür und Gleichgültigkeit über Bord geworfen und an ihre Stelle die Doktrin gesetzt, daß Gott guten Willens ist, ja daß ihm sogar sehr viel daran gelegen ist, die Wünsche seiner Geschöpfe kennenzulernen, d. h. ihre privaten, aus der Erfahrung abgeleiteten Vorstellungen darüber, was für sie am besten ist. Warum sollen wir annehmen, daß diese Vorstellungen weniger Gewicht haben und weniger beherzigenswert sind, wenn sie in die Form von Kritik gekleidet werden, ja sogar von öffentlicher Anklage? Warum sollen wir nicht glauben, daß Gott, der selbst Verrat verstehen und vergeben kann, auch Vorhaltungen versteht und vergibt?

1918

Die Unsterblichkeit der Seele

Was die Unsterblichkeit der Seele angeht (was auch immer genau darunter zu verstehen ist), so kann ich nur sagen, daß mir der Gedanke ganz und gar unglaubwürdig und vermessen erscheint. Nicht nur gibt es keinerlei plausiblen Beweis dafür – es gibt im Gegenteil eine Fülle von unwiderlegbaren Gegenbeweisen, und diese Beweise gewinnen weiter an Gewicht und Überzeugungskraft, sooft irgendein Theologe den Mund aufmacht. Die geläufigen Argumente für die Unsterblichkeit der Seele lassen sich auf vier reduzieren. Das erste Argument ist rein logischer Natur und läuft darauf hinaus, daß es unmöglich ist, sich vorzustellen, daß Gott ein so edles Tier wie den Menschen erschafft und diese Kreatur dann nach ein paar unerquicklichen Jahren auf der Erde einfach sterben läßt. Die Antwort darauf ist einfach: Ich kann mir das sehr gut vorstellen, und viele andere Menschen können es auch. Überdies gibt es keinen Grund für die Annahme, daß Gott die Menschen als besonders edle Geschöpfe ansieht – im Gegenteil: alle theologischen Zeugnisse belegen das genaue Gegenteil. Das zweite Argument lautet: Der Glaube an die Unsterblichkeit ist universell und in der ganzen Menschheit verbreitet – das allein schon ist ein hinreichender Beweis für seine Richtigkeit. Die Antwort darauf lautet: a) Die Menschen unterscheiden sich in ihren Ansichten voneinander, häufig auf sehr grobe und gewalttätige Weise; b) selbst wenn alle Menschen dieser These zustimmten und ja sagten, bewiese das noch gar nichts, denn alle Menschen haben irgendwann auch einmal an Hexen geglaubt. Das dritte Argument besagt, daß die Toten, ausgewählte Personen als Medien benutzend, häufig mit den noch Lebenden Kontakt aufnehmen und aus diesem Grunde selber noch am Leben sein müssen. Unglücklicherweise sind die Beweise für diese Behauptung so dubios, daß es einer besonderen Veranlagung und Geistesart bedarf, an sie zu glauben – einer Geistesart, mit anderen Worten, die ihrerseits alles andere als überzeugend wirkt. Das vierte und letzte Argument beruht unverhohlen auf der göttlichen Offenbarung: die Seele ist unsterblich, weil Gott sagt, daß es so ist.

Ich muß gestehen, daß mir dieses letzte Argument mehr Eindruck macht als alle anderen: es verzichtet wenigstens auf den Versuch, naturwissenschaftliche Methoden ins Feld zu führen, wo es darum geht, eine Behauptung aus dem Bereich der Theologie zu beweisen. Aber trotzdem hat auch dieses Argument eine Reihe von schwerwiegenden Mängeln. Seine Verfechter geraten sofort in Bedrängnis, wenn sie erklären sollen, wann und wie die Seele in den Körper hineinkommt und wo sie überhaupt herkommt. Muß sie in jedem einzelnen Fall eigens geschaffen werden, oder ist sie ein Sprößling der beiden elterlichen Seelen? Wie dem auch sei: wann genau tritt sie in Erscheinung – im Augenblick der Empfängnis, oder ein bißchen später? Wenn das erstere der Fall ist, was passiert zum Beispiel in einer abgestoßenen, befruchteten Eizelle etwa eine Stunde nach der Befruchtung? Wenn mit der abgestoßenen Zelle auch deren Seele abstirbt, ist die Seele eben nicht in allen Fällen unsterblich, was soviel bedeutet, daß auf die Unsterblichkeit kein Verlaß ist. Wenn die Seele aber im anderen Fall zum Himmel oder in die Hölle fährt oder in irgendeinen vagen Bereich dazwischen, wird uns zugemutet zu glauben, daß zum Beispiel die Bischöfe und Erzbischöfe, die über das Grab hinaus leben, gezwungen sind, sich von gleich zu gleich mit Gestalten einzulassen, die weder denken noch sprechen können und eher Kaulquappen als normalen Christenmenschen ähneln. Wenn uns entgegengehalten wird, daß alle Seelen nach dem Tode die gleiche Gestalt annehmen und ihre fleischlichen Eigenschaften völlig abstreifen, dann erscheint in der Tat jede nur denkbare Post-mortem-Justiz ganz und gar lächerlich.

1932

Wunder

Ist es je einem Menschen in den Sinn gekommen, daß man Wunder nicht nur damit erklären kann, daß die Götter gleichsam vorübergehend die Spielregeln geändert haben, sondern auch damit, daß sie ein bißchen eingeduselt sind und vergessen haben, diese Regeln in Kraft zu setzen? Wenn sie zum Beispiel zwei Tage an einem Stück schlafen, könnte der Mond uns einen gewaltigen Schock versetzen und mit einem Satz in der Sonne verschwinden. Denn wer weiß – vielleicht denkt der Mond ja wie ein Dichter oder ein Immobilienmakler und ist seiner monotonen Runde herzlich überdrüssig. Er könnte sich zum Beispiel nach einer Gelegenheit sehnen, endlich in der Sonne aufzugehen und mit seiner eigenen Farce Schluß zu machen. Was ihn allein in seiner Umlaufbahn hält, ist schlicht ein Wille von außen – ein Wille, der nicht in irgendeinem bestimmten Wesen verkörpert ist, aber doch ein Wille. Ein Gesetz ohne einen Willen dahinter ist ebenso undenkbar wie Dampf ohne Hitze. 1924

Der Lohn des Zweiflers

Entgegen der landläufigen Vorstellung ist die Philosophie des Zweifelns weitaus beruhigender als die des Hoffens. Der Zweifelnde entgeht der ärgsten Strafe, die den Mann des Glaubens und der Hoffnung unweigerlich ereilt – er wird nie enttäuscht und ist deshalb auch nie gekränkt. Das Unerklärliche und das Unverbesserliche interessieren ihn, regen ihn aber nicht sonderlich auf oder, so darf ich hinzufügen, können ihn nicht aufs Glatteis führen. Diese Art von Immunität ist mehr wert als alle jene zweifelhaften Beruhigungen, mit denen man die Menschen eindeckt. Sie ist von pragmatischer Unerschütterlichkeit, mehr noch: sie führt zu Toleranz und Sympathie. Der Zweifelnde haßt seine Gegner nicht, er hat mit ihnen Mitleid. Am Ende bringt er es gar so weit, daß er selbst mit Gott Mitleid hat. Die alte Vorstellung der Vaterschaft geht in einer neuen Vorstellung der Bruderschaft auf. Gott ist schließlich auch von Schwierigkeiten, Grenzfällen, enttäuschten Hoffnungen geplagt. Hat es etwas Beunruhigendes, ihn sich so vorzustellen? Oder ist es etwa weniger beunruhigend, sich ihn als jemand vorzustellen, der uns helfen und unsere Fragen beantworten könnte – und dann doch daran scheitert? 1918

Ein ethisches Dilemma

Es ist für einen amerikanischen Mann noch immer gesellschaftlich bedenklich, im Ruf der Tugendhaftigkeit zu stehen. Theoretisch ist derjenige, der seine chemische Reinheit im Angesicht aller Versuchungen bewahrt, ein edler und aufrechter Mensch und die Augenweide der himmlischen Hierarchien. In Wirklichkeit wird er von den Frauen ausgelacht und von den Männern verachtet. Hier haben wir ein Beispiel für die Widersprüche, die alle diejenigen beschäftigen und beunruhigen, die sich mit Fragen der praktischen Ethik in dieser großen, moralischen Republik beschäftigen. Amerika ist, soviel ich weiß, das einzige Land der zivilisierten Welt, in dem männliche Tugendhaftigkeit offiziell verordnet wird. Und doch ist dieses Land weit und breit das einzige, in dem die Privatunterhaltung von Männern zum größten Teil aus Schlafzimmer-Prahlereien und vielsagendem Augenzwinkern besteht.

Die meisten dieser Angebereien, davon bin ich überzeugt, sind erlogen. Das Verhältnis von angedeuteten zu tatsächlichen Eroberungen ist wahrscheinlich etwa zehntausend zu eins. Der amerikanische Mann ist nämlich tatsächlich alles andere als ein Don Juan – er ist für diese Rolle viel zu sentimental. Außerdem geht ihm völlig der Mut ab, den diese Rolle verlangt. Er hat zwar Courage, wenn es um Auseinandersetzungen mit Stökken, amtlichen Verfügungen oder fremden Fäusten geht, aber er erweist sich als überaus zaghaft im Wettstreit der Geister. Wenn es gar um einen Liebeswettstreit geht, ist er nie der Eroberer, sondern immer das Opfer. Gleichviel ob Eroberer oder Opfer – prahlen tut er in jedem Fall, und seine Aufschneidereien sind plastisch, wenn es überhaupt keine Eroberung gegeben hat. Kurz: die Mehrheit seiner diabolischen Erfolge ist rein theoretischer Natur. Er täuscht Galanterie nur vor, um sich den Spott von Männern zu ersparen, die ihrerseits Galanterie vortäuschen, um sich vor seinem Spott zu schützen. Er schämt sich zuzugeben, daß er, nach dem Moralkodex seines Vaterlandes, eigentlich keinen Grund hätte, sich zu schämen. 1920

Ehre

Es ist ein Gemeinplatz der Ethik, daß absolute Moral unmöglich ist – mit anderen Worten: alle Menschen sind Sünder. Was jedoch oft übersehen wird, ist die Tatsache, daß sich die gleiche Fehlbarkeit auch auf der höheren Ebene dessen zeigt, was man gemeinhin die Ehre nennt – man versteht darunter schlicht die Moral höhergestellter Menschen. Ein Mann, der sich als ehrenhaft empfindet, leidet gewöhnlich unter der Einbildung, daß seine Ehre unbesudelt ist, aber das ist in Wirklichkeit nie der Fall. Jeder Mann, wie ehrenhaft er auch immer sein mag, opfert hinter der Tür seine Ehre der bloßen Moral – so wie jeder moralische Mensch seine Moral gelegentlich dem Selbstinteresse opfert. 1919

Die Todesstrafe

Unter den Argumenten gegen die Todesstrafe, die von Moralisten vorgebracht werden, werden zwei am häufigsten genannt:

1. Das Erhängen eines Menschen (oder seine Verbrennung bzw. Vergasung) ist etwas überaus Unangenehmes – entwürdigend für diejenigen, die damit beauftragt sind, und ekelerregend für alle, die den Vorgang mitansehen müssen.

2. Die Todesstrafe ist nutzlos, denn sie schreckt andere nicht von Verbrechen ab.

Das erste dieser Argumente, so scheint mir, ist offensichtlich schwach, es verdient keine ernsthafte Widerlegung. Worauf es im Grunde hinausläuft, ist, daß die Arbeit des Henkers unangenehm ist. Zugegeben. Aber selbst wenn das zuträfe: ist diese Arbeit nicht doch im Sinne der Gesellschaft notwendig? Es gibt in der Tat viele andere Jobs, die ebenfalls sehr unangenehm sind, und niemand denkt daran, sie abzuschaffen – man denke nur an den Beruf des Klempners, des Soldaten, des Müllmannes, des Priesters, der die Beichte hört, des Kanalarbeiters und so weiter. Außerdem: gibt es Aussagen darüber, daß sich ein Henker jemals über seine Arbeit beschwert hat? Ich kenne keine. Im Gegenteil, ich habe viele Henker gekannt, die ihrem altehrwürdigen Beruf mit Vergnügen nachgehen und stolz darauf sind, ihn ausüben zu dürfen.

Das zweite Argument der Abolitionisten ist ernster zu nehmen, aber selbst hier, so glaube ich, muß man von einem eher wackligen Fundament sprechen. Der grundlegende Irrtum besteht nämlich in der Annahme, daß das Hauptziel der Bestrafung von Verbrechern in der Abschreckung anderer, potentieller Verbrecher besteht –

dem Glauben, daß wir A erhängen oder auf den elektrischen Stuhl setzen, um B davon abzubringen, C umzubringen. Dies ist, so meine ich, eine Hypothese, die das Teil mit dem Ganzen verwechselt. Abschreckung ist offensichtlich ein Bestandteil der Bestrafung, aber eben nur ein Teil. Es gibt mindestens ein halbes Dutzend anderer Aspekte, die wahrscheinlich genauso wichtig sind. Mindestens einer davon ist unter praktischen Gesichtspunkten noch wichtiger als die Abschreckung. Gewöhnlich nennt man ihn ›Rache‹, aber Rache ist eigentlich nicht das richtige Wort. Ich entnehme dem Werk des alten Aristoteles einen besseren Begriff: Katharsis. Katharsis bedeutet bei Aristoteles eine heilsame Absonderung von Gefühlen, eine Art gesundes Dampf-Ablassen. Ein Schuljunge, der seinen Lehrer nicht ausstehen kann, legt auf das pädagogische Sitzmöbel eine Reißzwecke; der Lehrer springt in die Luft, und der Junge lacht. Das ist Katharsis. Ich behaupte, daß eine der wichtigsten Aufgaben der gerichtlichen Bestrafung darin bestehen muß, die gleiche wohltuende Erleichterung auszulösen – a) für die unmittelbaren Opfer des bestraften Verbrechers und b) für die breite Masse moralisch denkender, furchtsamer Menschen.

Diese Menschen, besonders die erste Gruppe, sind im Grunde nur indirekt an der Abschreckung von Verbrechern interessiert. Woran ihnen vor allem liegt, ist die Genugtuung, die sie empfinden, wenn sie miterleben können, wie der Verbrecher leidet, der ihnen zuvor soviel Leid zugefügt hat. Was sie brauchen, ist der Seelenfriede, der mit dem Gefühl einhergeht, quitt zu sein. Bis ihnen diese Befriedigung zuteil wird, befinden sie sich in einem Zustand emotionaler Spannung und fühlen sich unglücklich. Sobald ihnen diese Befriedigung zuteil wird, geht es ihnen wieder gut. Ich behaupte nicht, daß der

Rachedurst etwas Edles ist – ich stelle nur fest, daß er bei allen Menschen vorhanden ist. In Bagatellfällen mag dieser Impuls zugunsten höherer Regungen zurückgedrängt werden, d. h., er kann zu christlicher Barmherzigkeit sublimiert werden. Aber wenn der Unrechtsfall ernst ist, wird das Christentum hintangestellt, und selbst Heilige entsichern bedenkenlos ihren Revolver. Zu fordern, daß sie mit diesem natürlichen Impuls fertig werden, hieße zu viel von den Menschen erwarten.

Die wahren Einwände gegen die Todesstrafe richten sich nicht so sehr gegen die Auslöschung des Lebens eines Verurteilten, sondern gegen unsere grausame amerikanische Gewohnheit, sie so weit hinauszuschieben. Schließlich muß jeder von uns früher oder später sterben, und ein Mörder, so kann man annehmen, ist jemand, der diese betrübliche Tatsache zum Fundament seiner Metaphysik gemacht hat. Aber eine Sache ist es, zu sterben, und eine andere, über Monate, ja sogar Jahre unter dem Schatten des Todes dahinzuvegetieren.

1926

Über das Erhängen

In meiner Eigenschaft als Zeitungsreporter bin ich bei neun Hinrichtungen durch den Strang zugegen gewesen. Mein Eindruck ist, daß diese Operation, wenn sie kompetent ausgeführt wird, eine humane Methode ist, Verbrecher ins Jenseits zu befördern, obwohl sie vielleicht weniger rasch zum Ziel führt als die Hinrichtung auf dem elektrischen Stuhl. Der Tod durch den Strang, wie er gegenwärtig in den Vereinigten Staaten praktiziert wird, könnte sicher verbessert werden, wie ich noch zeigen werde, aber es kommt in der Tat selten vor, daß diese Todesart unnötigen körperlichen Schmerz oder psychische Qualen verursacht. Der Schlag, der den Oberkörper des Delinquenten trifft, wenn er plötzlich das Ende des Stranges erreicht, ist mindestens so heftig, als ob ihm jemand mit der Axt über den Schädel schlägt, und ich glaube, daß dieser Hieb in den meisten Fällen zu sofortiger Bewußtlosigkeit führt oder zumindest doch zu einer derartigen Reaktionsverminderung, daß der Verurteilte kaum noch ›leiden‹ wird. Wenn der Strang korrekt geknüpft ist, drückt er überaus heftig gegen die Blutgefäße, die das Gehirn versorgen, und wenn tatsächlich noch ein Bewußtseinsrest übriggeblieben sein sollte, wird er mit Sicherheit in acht oder zehn Sekunden durch Sauerstoffmangel ausgelöscht. Es ist sehr wahrscheinlich, daß dieser Druck, der eine irreversible Zerebralanämie auslöst, in den meisten Fällen die eigentliche Todesursache darstellt. Bruch oder Ausrenkung des Halswirbelknochens ist eher die Ausnahme als die Regel, Ersticken kaum mehr als eine Nebenerscheinung. Ein Verbrecher, der von einem kompetenten Henker hingerichtet wird, zeigt keinerlei Zeichen des Leidens. Er fällt geradewegs durch die Falltür, und wenn er zum Stillstand kommt, bleibt er reglos hängen. Es gibt keinen Todeskampf. Nach einer Weile zieht er die Beine ein wenig an, aber nicht heftig. Das Herz klopft noch zehn oder zwölf Minuten lang weiter, allmählich schwächer werdend, aber das Bewußtsein ist längst geschwunden, und der Verbrecher stirbt ohne erkennbaren Schmerz.

In England ist der Strang am Ende mit einem Ring versehen, weshalb der erwähnte Druck sehr viel heftiger ist – der Verurteilte verliert fast sofort das Bewußtsein. Der Henker-Knoten, der in Amerika bevorzugt wird, ist weniger wirksam – schon deshalb, weil Seil auf Seil weniger reibungslos läuft als Seil auf Metall. Ist der Knoten von geschickter Hand geknüpft, funktioniert er einwandfrei und kann nicht als grausam bezeichnet werden. Ein Vorteil des Erhängens ist überdies, daß der Körper des Verurteilten nicht verstümmelt wird. Der Strang hinterläßt natürlich Spuren auf dem Halsgewebe, aber er zerstört die Haut nicht, und die Abdrücke sind kaum noch zu sehen, wenn die Leiche den Hinrichtungsort verläßt. Der elektrische Stuhl führt, wie man weiß, gelegentlich zu Verbrennungen; darüber hinaus erfordert er die zumindest partielle Rasur des Schädels. Tötung durch Giftgas ist noch schlimmer, denn sie führt zu einer allgemeinen Verfärbung, und es gibt keinen Grund für die Annahme, daß diese Todesart schnell und schmerzlos ist.

Es ist nicht angenehm, das gebe ich zu, dabeizusein, wenn ein Mensch vom Leben in den Tod befördert wird, aber die Brutalität dieses Vorgangs wird von allen denen maßlos überschätzt, die nie die Ehre hatten, ihm beizuwohnen. Sie übersehen völlig das technische Geschick, das den Akt des Tötens schmerzlos und menschlich machen kann. Und sie vergessen, daß das Opfer selbst in der Regel eine dumpfe Kreatur ist, von der Sensibilität etwa eines Ochsen. Dies traf jedenfalls auf die Hinrichtung von Whittemore[1] zu, bei der ich kürzlich zugegen war. Er wankte sozusagen in den Tod, offensichtlich erfüllt von einer schwachsinnigen Freude über die Aufmerksamkeit, die man ihm widmete. Er war in seinen letzten Tagen kaum mehr als ein zufriedener Idiot, und seine letzte Botschaft, die er der Nachwelt in einem Massenblatt, der *Baltimore Post*, übermittelte, bestand aus genau dem verstockten Unsinn, den man einem solchen Schwachkopf allenfalls zutraut und über den er sich sogar noch

1 Der Strafgefangene Russell Whittemore wurde am 13. August 1926 in Baltimore erhängt. Er hatte bei dem Versuch, aus dem Gefängnis von Baltimore auszubrechen, einen Wärter getötet und war daraufhin zum Tode verurteilt worden.

freut. Für ihn war das Ganze eine großartige Show, und es war jedem rationalen Menschen, der seinem Ende zusah, ganz unmöglich, besonderes Mitleid für ihn aufzubringen.

Ich habe Whittemore einen Schwachsinnigen genannt. Diese Bezeichnung ist wahrscheinlich zu schmeichelhaft. Seine Abschiedsbotschaft in der *Post* und seine philosophische Autobiographie in demselben lehrreichen Blatt zeigten die Mentalität eines zurückgebliebenen Zehnjährigen. Professionelle Killer sind, so glaube ich, alle etwa auf dem gleichen Niveau; ein Gerald Chapman ist unter ihnen so selten wie ein Mann von Ehre im Kongreß. Sentimentale Menschen benutzen diese Tatsache als ein Argument gegen die Todesstrafe. Sie behaupten, es sei unmoralisch, daß der Staat jemanden tötet, der offensichtlich schwachsinnig ist und deshalb unfähig, sich korrekt zu verhalten und vernünftige Urteile abzugeben. Dies scheint mir jedoch ein ungültiges Argument zu sein. Der Staat Maryland hat Whittemore nicht getötet, weil er ein Irrer war, sondern weil er den schlüssigen Beweis geliefert hatte, daß sein Weiterleben mit der Sicherheit der Bevölkerungsmehrheit unvereinbar war. Was für einen Unterschied macht es da, ob seine Kriminalität mit mangelnder Intelligenz zusammenhing oder, wie im Fall von Chapman, mit einer abartig gewordenen Intelligenz? Was hier allein wichtig ist, ist, daß er gewohnheitsmäßig (und offenbar unverbesserlich) damit bschäftigt war, plumpe und unerträgliche Angriffe auf die öffentliche Sicherheit zu planen. Was soll man in einem solchen Fall tun? Man hatte ihn bereits ohne jede Wirkung ins Gefängnis gesteckt. Dort hat er dann noch einen Mord begangen. Es blieb nicht anderes übrig, als ihn umzubringen und auf diese Weise ein gefährliches, demoralisierendes Furunkel loszuwerden.

Wenn man argumentiert, daß der Staat, der mit einem solchen Unhold konfrontiert ist, kein Recht hat, ihn zu töten, sagt man damit, daß der Staat überhaupt keine Rechte hat, daß er nicht einmal eine Steuer erheben oder zu einer Dienstleistung verpflichten kann, ohne gleich ein Verbrechen zu begehen. Es gibt ohne Frage eine ganze Reihe von Leuten, die so argumentieren, und einige dieser Argumente mögen auch stichhaltig sein. Aber sie haben es bis jetzt nicht geschafft, eine nennenswerte Zahl vernünftiger Männer und Frauen zu überzeugen. Die überwältigende Mehrheit aller Menschen glaubt nach wie vor, daß jemand, der Mord zu seinem Geschäft gemacht hat, von der Gesellschaft mit vollem Recht zu Tode befördert werden darf. Diesen Glauben hat es zu allen Zeiten gegeben, unter allen Regierungsformen, und ich bin überzeugt, es gibt ihn noch heute. Die Hinrichtung von Whittemore wurde im Staate Maryland einhellig gebilligt. Wäre er dem Galgen entwischt, hätte es Aufruhr gegeben – aus gutem Grund.

Unsere Strafgesetze bedürfen dringend einer gründlichen Reform. Die alten Kategorien für Kapitalverbrechen erweisen sich allzuoft als archaisch und irrational. Es ist absurd, einen verzweifelten Ehemann zu erhängen, der seine Frau und ihren Liebhaber umgebracht hat, und einen professionellen Mörder laufenzulassen, bloß weil der Staat keine Beweise dafür vorbringen kann, daß er vorsätzlich getötet hat. Der Prüfstein sollte nicht die Augenblicksentscheidung sein, sondern das Gesamtbild der Tatumstände. Wir alle können unter leicht vorstellbaren Bedingungen vorsätzlich einen Mord begehen. Aber diese theoretische Möglichkeit macht aus uns noch keine professionellen Verbrecher, und sie rechtfertigt auch nicht die Todesstrafe, wenn wir der Versuchung zum Mord erliegen.

1926

Über den Selbstmord

Die Selbstmordrate, so erfahre ich von einem intelligenten Bestattungsunternehmer, ist im Steigen begriffen. Eine gute Nachricht für einen Berufsstand, der in der letzten Zeit unter dem Fortschritt der medizinischen Wissenschaft arg gelitten hat (und kaum weniger unter der mörderischen Konkurrenz in den eigenen Reihen). Frohe Botschaft aber auch für jene romantischen Optimisten, die sich den Glauben nicht nehmen lassen, daß die Menschheit zu rationalen Entschlüssen noch in der Lage ist. Was könnte logischer sein als ein Selbstmord? Und was grotesker, als um jeden Preis am Leben bleiben zu wollen? Wir alle klammern uns ans Leben mit verzweifelter Hingabe, selbst wenn der verbleibende Rest unbezweifelbar gering ist und aus Schmerzen besteht. Die Hälfte der Zeit aller Ärzte ist damit ausgefüllt, das Leben von menschlichen Wracks zu erhalten, die keinen gescheiteren Grund fürs Weiterleben haben als ihn die Kuh hat fürs Milchgeben.

Diese absurde Lebensgier hat ihre Wurzeln in der menschlichen Einbildungskraft oder, wie man sie auch poetisch nennt, der menschlichen Vernunft. Der Mensch mit seiner Fähigkeit, sich den Tod bildlich vorzustellen, malt ihn sich als etwas Qualvolles und Schreckliches aus. Natürlich ist der Tod nur sehr selten qualvoll und schrecklich. Die ihm unmittelbar voraufgehenden Phasen sind manchmal (sicher nicht immer) schmerzhaft, aber der Tod selber scheint mit keinen besonderen Empfindungen einherzugehen, weder seelischen noch körperlichen.

Der Todeskandidat, der sich diesem Ereignis endlich gegenübersieht, hört einfach auf zu funktionieren. Er erlebt den Tod, wie ihn eine Bakterie erleben würde; das Schreckliche, ebenso wie das Schmerzhafte, gibt es nicht. Allenfalls ließen sich Elemente des Grotesken feststellen. Ich rede hier selbstverständlich vom natürlichen Tod.

Der Selbstmord ist offensichtlich weitaus unangenehmer, allein schon weil er eine Reihe von Unsicherheitsfaktoren enthält. Der Selbstmordkandidat zögert, sich zu erschießen, weil er, mit einigem Grund, fürchtet, es könnte ihm nicht gelingen, sich auf Anhieb zu töten, und er könnte sich nur verletzen. Außerdem stellt dieses Erschießen, ebenso wie die meisten anderen Arten, sich einen selbstverfertigten Abgang zu verschaffen, eine Beleidigung seiner Menschenwürde dar: es wird mit Sicherheit eine ziemliche Schweinerei geben. Dieses Bedenken, so scheint mir allerdings, wird mit dem Fortschritt der Wissenschaft verschwinden. Sichere, einfache und hygienische Methoden, sich aus dem Staub zu machen, werden bald erfunden werden. Einige gibt es bereits; vielleicht erklärt das die steigende Zahl von Selbstmorden, die meinem Freund, dem Bestattungsunternehmer, so wohlgefällig ist.

Ich übergehe die theologischen Einwände gegen die Selbstzerstörung als zu spitzfindig und einer ernsthaften Erwiderung nicht wert. Von seinen ersten Anfängen an hat das Christentum das Leben auf dieser Erde als so traurig und sinnlos dargestellt, daß es im Grunde einem Verdammungsurteil gleichkommt. Warum sollte man sich also daran klammern? Ganz einfach: weil seine Sinnlosigkeit und Unerfreulichkeit dem Willen eines Schöpfers entsprechen, dessen Liebe zu seinen Geschöpfen die Form der Quälerei angenommen hat. Wenn die Menschen in dieser Welt revoltieren, werden sie in der nächsten noch tausendmal mehr gefoltert werden. Ich erwähne dieses Argument hier als ein typisches Beispiel für theologisches Räsonieren – und wende mich jetzt interessanteren Themen zu. Das heißt, ich kehre zurück zu meiner Ausgangsthese, daß es schwer, wenn nicht sogar unmöglich ist, einen naheliegenden oder logischen Grund für das Bedürfnis, am Leben zu bleiben, zu finden, der sich nicht sogleich als überaus widersprüchlich erweist. Man weiß in dieser Welt schon längst, daß das Leben überwiegend ein Fluch ist. Man sehe sich nur im Sprichwörterschatz irgendeines Volkes um, und man findet sofort den Geist der Vergeblichkeit allen Erdenwandelns. Vorwegnahme ist besser als Verwirklichung. Des Menschen Los ist die Enttäuschung. Wir werden unter Schmerzen geboren und enden unter Schmerzen. Der glückliche Mensch stirbt an einem Mittwoch. Der Tod, Schlafes Bruder – ich könnte seitenweise fortfahren. Wenn Sie nichts für volkstümliche Weisheiten übrig haben, weder weltliche noch geistliche, dann wenden Sie sich doch einmal dem Werk von William Shakespeare zu. Es trieft von vorne bis hinten vor Pessimismus. Wenn es irgendeinen Grundgedanken bei Shakespeare gibt, dann ist es die Idee von der qualvollen Vergeblichkeit der menschlichen Existenz. Aus mit dir, du kleine Kerze!

Und doch – wir klammern uns irgendwie physiologisch an unser Leben oder, genauer gesagt, pathologisch, und wir versuchen sogar noch, das Leben mit grellem Hokuspokus anzufüllen. Alle Menschen, die überhaupt als empfindende Lebewesen zu bezeichnen sind, strampeln gewaltig nach Ruhm und Macht, d. h. nach der Anerkennung und dem Neid ihrer Mitmenschen – was soviel heißt wie: nach der launischen Bewunderung einer endlosen Reihe kümmerlicher und lächerlicher Klumpen aus rasch zerfallenden Aminosäuren. Warum? Nun, wenn ich darauf eine Antwort wüßte, schriebe ich mit Sicherheit keine Bücher mehr in diesem höllischen amerikanischen Klima, sondern säße in einem prächtigen Saal aus Kristall und Gold, und die Leute würden zehn Dollar pro Kopf bezahlen, um mich durch winzige Gucklöcher anstarren zu dürfen. Obwohl also das zentrale Geheimnis unangetastet bleibt, lassen sich doch die Oberflächen-Symptome durchaus mit Gewinn untersuchen. Ich biete mich selbst als Versuchskaninchen an. Warum habe ich über Jahre hinweg so hart gearbeitet und mich verzweifelt bemüht, etwas zustande zu bringen, das mir bis zum heutigen Tag unverständlich geblieben ist? Etwa weil ich hinter dem Geld her bin? Pah! Ich kann mich nicht erinnern, es jemals dringend gebraucht zu haben: Mir ist es immer leichtgefallen, so viel zu verdienen, wie ich gerade brauchte. Ist es vielleicht die Ruhmsucht? Auch hier muß die Antwort negativ ausfallen. Die Aufmerksamkeit Fremder ist mir unangenehm, und ich vermeide sie, so gut es geht. Treibt mich das Bedürfnis um, Gutes zu tun? Daß ich nicht lache! Wenn ich von irgend etwas überzeugt bin, dann davon, daß Mildtätigkeit bloß von schlechtem Geschmack zeugt.

Ich habe früher die Vermutung geäußert, daß die Menschen sich abquälen als Reaktion auf einen unbestimmten inneren Drang nach Selbstausdruck. Aber das war eine sehr fragwürdige Hypothese, denn eine ganze Reihe von Menschen, die besonders hart arbeiten, haben absolut nichts auszudrücken.

Es bietet sich jedoch eine weitaus plausiblere Hypothese an. Sie lautet: die Menschen arbeiten hauptsächlich deshalb, um der qualvollen Tätigkeit des Nachdenkens über das Leben aus dem Wege zu gehen. Arbeit und Freizeit sind für sie ein Fetisch, der ihnen sehr gelegen kommt, weil er ihnen dabei hilft, von der Wirklichkeit Abstand zu gewinnen. Normalerweise sind sowohl Arbeit als auch Freizeit reine Illusionen, die keinem sinnvollen und dauerhaften Zweck dienen. Wenn man jedoch das Leben dieser Illusionen beraubt, wird es sofort unerträglich. Die Menschen können nicht stillsitzen und über ihr Schicksal in dieser Welt nachdenken, ohne verrückt zu werden. Deshalb erfinden sie Methoden, um sich von dieser Horrorvision abzulenken. Sie arbeiten. Sie genießen ihre Freizeit. Sie häufen jenes aberwitzige Nichts an, das sie ›Eigentum‹ nennen. Sie streben nach jenem schüchternen Augenaufschlag, den sie ›Ruhm‹ nennen. Sie gründen eine Familie und dehnen ihren Fluch auf andere Menschen aus. Und die ganze Zeit über ist es ihr dringendstes Bedürfnis, sich selbst zu verlieren, sich zu vergessen, der Tragikomödie, die sie selbst sind, zu entrinnen. Das Leben ist, in einem elementaren Sinn, nicht lebenswert. Deshalb fabrizieren die Menschen lauter Künstlichkeiten, um es lebenswert erscheinen zu lassen, errichten prunkvolle Fassaden, hinter der sich die Tatsache verbirgt, daß es das nicht ist.

Es ist vielleicht ein bißchen irreführend, wenn ich hier von Qualen und Tragikomödien rede. Das Entscheidende am menschlichen Leben ist nicht, daß es tragisch, sondern daß es langweilig ist. Es ähnelt nicht so sehr einem Feldzug als vielmehr einem ewigen Warten. Der Haupteinwand gegen das Leben ist nicht, daß es überwiegend qualvoll ist, sondern daß es keinen Sinn hat. Wie sieht die Zukunft der menschlichen Rasse aus? Selbst Theologen sehen nichts als eine graue Leere, mit dem Aufleuchten eines irrationalen Feuerwerks ganz am Ende. Aber dennoch gibt es so etwas wie menschlichen Fortschritt: den Fortschritt des Spitzbuben von der Bewahranstalt zum Gefängnis und vom Gefängnis in die Leichenhalle. Jede Generation sieht sich der gleichen unerträglichen Langeweile gegenüber.

Ich rede hier als jemand, der, äußerlich gesehen, ein glückliches Leben geführt hat. Ich arbeite ziemlich viel, aber diese Arbeit ist mir angenehmer als alles andere, das ich mir statt dessen vorstellen könnte. Ich bin mir keiner großen, überwältigenden, nicht zu befriedigenden Begierden bewußt. Ich wünsche mir nichts, was ich nicht bekommen könnte. Und doch komme ich, an der Schwelle der Senilität, zu der Überzeugung, daß dieses ganze Leben im Grunde sinnlos ist und nicht den geringsten Spaß macht. Der Zweck ist immer nur Vanitas, in der Regel eine überaus schäbige Eitelkeit, ohne jeden vornehm pathetischen Beiklang. Die Mittel bleiben immer die gleichen. In ihnen liegt das Geheimnis dessen, was man Zufriedenheit nennt, d. h. die Fähigkeit, den Selbstmord mindestens einen weiteren Tag aufzuschieben. Die Mittel selber sind ganz ohne Bedeutung, aber auf alle Fälle halten sie uns einen Fluchtweg aus der lähmenden Wirklichkeit offen. Das Hauptziel des Lebens ist die Vortäuschung der Auslöschung. Wir haben uns in der Hausnummer geirrt. 1926

Unter den Ulmen

Der Impuls zur Selbstzerstörung ist eine natürliche Begleiterscheinung des Erziehungsprozesses. Jeder intelligente Student kommt irgendwann während seiner Universitätszeit in einer düsteren Stunde zu dem Schluß, daß es wohl vernünftiger wäre, mit dem Leben Schluß zu machen, als es fortzusetzen. Mir selbst sind die intellektuellen Demütigungen einer College-Erziehung erspart geblieben; aber so um die zwanzig herum, als mir allmählich einiges zu dämmern begann, bin ich mehr als einmal zu der Schlußfolgerung gekommen, daß der Tod dem Leben entschieden vorzuziehen ist. In diesem Lebensalter spielt der Humor kaum eine Rolle; erst später führt Gottes wundersames Walten gewöhnlich dazu, daß er sich wieder stärker bemerkbar macht.

Was hält einen nachdenklichen und skeptischen Menschen überhaupt am Leben? Zu einem großen Teil, so vermute ich, ist es der Humor. Aber hinzukommt die Neugier. Die menschliche Existenz ist immer irrational und oft qualvoll, aber letztlich bleibt sie doch auch interessant. Man möchte einfach wissen, was morgen passiert. Wird die Dame im malvenfarbenen Rock liebenswürdiger sein, als sie es heute war? Solche Fragen erhalten uns Menschen am Leben. Wenn wir die Zukunft schon kennten, würde sich jeder intelligente Mensch sofort umbringen, und das Land wäre nur noch von Schwachsinnigen bevölkert. Vielleicht bewegen wir uns wirklich derzeit auf diesen Zustand zu.

Was ich sehr gerne sähe (wenn es sich arrangieren ließe), wäre eine Serie von Selbstmorden unter College-Präsidenten. es wäre mir ein Vergnügen, die dazu notwendigen Pistolen, Messer, Stricke, Giftfläschchen und sonstigen Gerätschaften bereitzustellen. Und ich gehe noch weiter: es wäre mir sogar ein Vergnügen, die Pistolen zu laden, die Messer zu wetzen und die Henkersknoten zu knüpfen. Ein College-Student, der sich unaufgefordert in Gottes Arme wirft, tut damit nur sich selbst einen Gefallen. Aber ein College-Präsident, der das gleiche tut, würde damit einer erklecklichen Zahl von Menschen eine große und dauerhafte Freude bereiten. Aber ich verfolge diesen Gedanken besser nicht weiter und wende mich einem anderen Thema zu.

1927

Exeunt omnes

Man gehe in irgendeine öffentliche Bibliothek und schlage im Katalog unter ›Tod, der menschliche‹ nach, und man wird überrascht sein, wie wenige Bücher es über dieses Thema gibt. Schlimmer noch: die meisten der wenigen stammen von Seelenforschern, die den Tod lediglich als den Übergang von einer Welt in die andere begreifen, oder von Mystikern, die zu glauben scheinen, daß der Tod nur eine Art Einbildung ist. Ich habe einmal, weil ich herausfinden wollte, was der Tod physiologisch bedeutet, d. h. was genau passiert, wenn ein Mensch stirbt, eine ganze Woche in der Bibliothek verbracht – ohne irgendein Ergebnis. Es schien absolut nichts über dieses Thema zu geben, nicht einmal in den medizinischen Fachbibliotheken. Endlich, nachdem ich meine Nachforschungen fast abgebrochen hätte, fand ich, was ich suchte: Dr. George W. Criles Buch »Der Mensch – ein Anpassungsmechanismus«. Crile stellt fest, daß der Tod ein Zustand der Übersäuerung ist, d. h., daß er durch die Unfähigkeit des Organismus ausgelöst wird, den normalen Säurepegel aufrechtzuerhalten. Mangels gegenteiliger Beweise oder widersprechender Theorien habe ich seine Behauptung übernommen und seither mit Vorliebe vertreten. Ich stelle mir also den Tod als eine Art destruktive Fermentierung vor, vergleichbar etwa mit derjenigen, die in einer Flasche Château Margaux vor sich geht, wenn sie zugekorkt wird. Das Leben ist ein Kampf – nicht gegen die Sünde, nicht gegen die Macht des Geldes, nicht gegen einen bösartigen tierischen Magnetismus, sondern gegen Wasserstoff-Ionen. Im gesunden Menschen werden diese Ionen, die durch die Zelltätigkeit verteilt werden, sofort von den Basen absorbiert.

Im kranken Menschen verzögert sich dieser Prozeß, die Wasserstoffionen gewinnen einen Vorsprung. Der sterbende Mensch ist jemand, der sich betrogen fühlt und bei dem alles vorbei ist. Aber ich gerate hier auf das Gebiet der physikalischen Chemie und riskiere nicht nur die Aufdeckung eines Geheimnisses, sondern auch die eines Grades an Unwissenheit, der ans Obszöne grenzt. Was ich eigentlich vorhatte, war, auf die einzige ausführliche, erstklassige Untersuchung der Todesproblematik hinzuweisen, die ich gefunden habe, nämlich das Buch »Aspekte des Todes und verwandte Aspekte des Lebens« von Dr. Parkes Weber, ein dicker, unhandlicher, aber überaus interessanter Wälzer, die Frucht einer stupenden Gelehrsamkeit. Seine Materialsammlungen kommen aus den unterschiedlichsten Quellen. Das einzige Gebiet, das er nicht beackert hat, ist die Musik – eine schwerwiegende Auslassung. Es gibt nämlich keinen großen Komponisten, der nicht einen Trauermarsch geschrieben hat oder ein Requiem, oder wenigstens ein trauriges Lied auf den Hinschied eines geliebten Menschen. Selbst der alte Papa Haydn hatte Momente, in denen er nicht mehr lustig war und seine Gedanken in Richtung Tod und Verdammnis schweifen ließ. Für mich jedenfalls ist der langsame Satz der Militärsinfonie das traurigste Musikstück, das ich kenne – eine Elegie, vermute ich, auf einen jungen Mann, der in jenen unbegreiflichen Zeiten in den Krieg zog und an einem abgelegenen Ort gräßlich zu Tode kam. Die Trompetenstöße am Ende des Satzes schallen über sein primitives Grab auf einem abgelegen Gemüseacker; vorher und nachher hört man das ehrliche Schluchzen seiner Kameraden über ihren Weinbechern.

Eine Generation später knurrte Beethoven mürrisch den Tod an – Haydn war ihm noch wie ein Gentleman gegenübergetreten. Die Romantik brachte eine Sentimentalsierung der Tragödie mit sich – sie wurde in eine Art Orgie verwandelt. Jedesmal wenn Wagner sich mit dem Todesthema beschäftigte, behandelte er es wie eine Art grelles Spektakel oder Turnier – ein eher ekstatisches als furchterregendes Ereignis. Man denke nur an die Karfreitagsmusik aus dem ›Parsifal‹ – eine Todesmusik für den denkwürdigsten Tod der Weltgeschichte. Niemand, der diese Musik ohne Vorwarnung zum erstenmal hört, würde auf die Idee kommen, daß sie mit etwas so Makabrem wie einer Kreuzigung zu tun hat. Im Gegenteil, ich bilde mir ein, daß der normale Konzertbesucher sich vorstellt, es handele sich hier um die fragwürdige Kopulation eines zwei Meter langen Baritons und einer zwei Zentner schweren Sopranistin.

Das Schwierigste am Tod ist nicht, daß die Menschen unter tragischen, sondern daß sie unter lächerlichen Umständen sterben. Wenn wir alle unseren Abgang in bedeutenden Augenblicken machen könnten, rasch, sauber, geschmackvoll und in nobler Haltung, dann wäre diese Erfahrung etwas, das man heroisch auf sich nehmen und mit getragenen, würdevollen Worten begleiten sollte. Statt dessen sterben wir in ungehobelter Prosa – an Arteriosklerose, Diabetes, Blutvergiftung, Darmentzündung, Leberkarzinom. Der gräßliche Säuretod à la Dr. Crile beschleicht uns nach und nach, lähmt allmählich die Nieren, verstört die Schilddrüse, verkrüppelt die arme, alte Leber und umnebelt langsam das Gehirn. So wird der ontogenetische Prozeß in umgekehrter Reihenfolge wiederholt: wir versinken in das verstandesmäßige Dunkel der Kindheit, dann in die schiere Bewußtlosigkeit des pränatalen Zustands – endlich in das Stadium des undifferenzierten Protoplasmas. Der Mensch stirbt nicht schnell und eindrucksvoll, wie vom Blitz gefällt – er stirbt zentimeterweise, zögernd und, fast möchte man sagen, übervorsichtig.

Es ist schwer zu sagen, wann er ganz und gar tot ist. Noch lange nachdem sein Herz aufgehört hat zu schlagen und seine Lungen ihn nicht mehr mit der Eitelkeit der menschlichen Spezies aufblähen, gibt es entfernte und obskure Körperteile, die noch weiterleben, unbekümmert um die Katastrophe in der Zentrale. Dr. Alexis Carrel pflegte diese Teile herauszuschneiden und sie noch monatelang am Leben zu erhalten. Zweifellos gibt es viele Körperteile und vielleicht auch ganze Organe, die sich fragen, was hier eigentlich los ist, wenn sie feststellen, daß sie schon auf dem Weg zum Krematorium sind. Wenn man die sterblichen Überreste eines Menschen verbrennt, vernichtet man unweigerlich einen beträchtlichen Teil seines lebendigen Körpers, und sicher sendet dieser Teil erschrockene Signale an das bewußtlose Gehirn (genau wie unter Betäubung herausgeschnittenes Gewebe während der Betäubung), und der daraus resultierende Schock befördert den Verblichenen in einem Lähmungszustand vor seinen himmlischen Richter – kreideweißes Gesicht, Schweißperlen auf der Stirn, von gräßlichem Durst geplagt. Man könnte allen Ernstes argumentieren, daß so mancher eingeäscherte Pastor auf diese Weise als Mann mit Gewissensbissen eingestuft worden ist, wo er doch nur unter einem gewöhnlichen chirurgischen Schock litt. Die kosmischen Vorgänge sind nicht nur heillos idiotisch – sie sind auch auf obszöne Weise ungerecht.

Leider Gottes sind die letzten Stunden eines Erdenbürgers in einem Luxuskrankenhaus mit hochspezialisierten Krankenschwestern, die um ihn herumflattern, und einem Priester, der sich schnaufend und ächzend am Fußende seines Bettes zu schaffen macht, häufig genauso unästhetisch wie die meisten Todesarten zu Kriegszeiten. ›Nr. 8‹, sagt die Hilfsschwester in dem verwaschenen rosa Kittel, während sie mit einem Glas Schnaps für den Diabetiker in Nr. 2 den Flur entlangtrippelt, ›ist gerade abgenippelt.‹ ›Wer ist Nr. 8?‹, fragt die neue Schwester, ›etwa der, dessen Frau heute nachmittag diesen scheußlichen Hut aufhatte?‹ ... Nahezu alle Autoritäten – das ist eine angenehme Vorstellung – sind sich darin einig, daß die letzten Augenblicke eines Menschen, obwohl sie schrecklich sein können, doch in der Regel kein Horrorszenarium sind. Der sterbende Mensch kämpft nicht mehr, und er hat auch keine große Angst mehr. Während seine Basen ihm den Dienst versagen, gibt er sich einer seligen Dumpfheit hin. Sein Geist umwölkt sich. Seine Willenskraft schwindet. Er leistet keine Gegenwehr. Er schert sich den Teufel um das, was mit ihm geschieht.

1919

Das Wesen der Regierung

Jede Regierung ist, ihrem Wesen nach, eine Verschwörung gegen das überlegene Einzelwesen; sie legt es dauernd darauf an, das Individuum zu unterdrücken und zum Krüppel zu machen. Wenn die Regierung aristokratisch organisiert ist, versucht sie, die per Gesetz Überlegenen gegen die tatsächlich Überlegenen zu schützen; in einem demokratischen Staat versucht sie, die in jeder Hinsicht Unterlegenen gegen alle beide Überlegenheitstypen zu schützen. Eine ihrer wichtigsten Funktionen ist es, die Menschen mit Gewalt zu kontrollieren, sie einander so ähnlich wie möglich zu machen (und so abhängig wie möglich), sowie jede Form von Originalität aufzuspüren und zu unterdrücken. Die Regierung sieht in jeder originellen Idee immer nur die potentielle Veränderung, das heißt eine Bedrohung der eigenen Vorrechte. Der gefährlichste Mensch für jede Regierung ist derjenige, der sich seine eigenen Gedanken macht – ohne Rücksicht auf die herrschenden Tabus und Normen. Ein solcher Mensch wird unweigerlich zu der Schlußfolgerung kommen, daß der Staat, in dem er lebt, unehrlich, schwachsinnig und unerträglich ist; wenn er romantisch veranlagt ist, wird er versuchen, diesen Zustand zu ändern. Aber auch wenn er selber nicht romantisch ist, wird er doch Unzufriedenheit unter denen verbreiten, die es sind.

Es gibt so gut wie keine Anhaltspunkte dafür, daß eine neue Regierung in irgendeiner Hinsicht besser als die alte wäre. Im Gegenteil: alle historischen Beispiele weisen in die andere Richtung. Politische Revolutionen bewirken selten wirklich Wertvolles; ihre einzige unbezweifelbare Wirkung besteht darin, daß sie die eine Diebesbande gegen eine andere austauschen. Nach einer Revolution versuchen die erfolgreichen Revolutionäre natürlich immer, die Zweifler davon zu überzeugen, daß sie Großes erreicht haben – in der Regel erhängen sie alle, die daran zweifeln. Aber damit haben sie den Beweis für ihre Behauptung noch nicht angetreten. In Rußland wurde dem Volk jahrelang eingebläut, daß die Abschaffung des Zaren alle Menschen reich und glücklich machen werde; jetzt, wo sie den Zaren los sind, sind die Menschen ärmer und unglücklicher als je zuvor. Selbst die amerikanischen Kolonien haben von ihrer Revolution im Jahre 1776 wenig gehabt. Noch fünfundzwanzig Jahre später waren sie als freie Staaten in einem schlimmeren Zustand, als sie es je als Kolonien gewesen wären: die Regierung erwies sich als teurer, unfähiger, verlogener und tyrannischer. Nur der allmählich wachsende materielle Wohlstand des Landes bewahrte die Menschen vor Hunger und Katastrophen; dieser Wohlstand hatte jedoch nichts mit den Verdiensten der neuen Regierung zu tun, sondern war allein dem Reichtum der Natur zu verdanken. Unter britischer Knechtschaft hätte es sich gewiß ebensogut gelebt, vermutlich sogar besser.

Die ideale Regierung in den Entwürfen aller klugen Männer seit Aristoteles läßt das Individuum in Ruhe – es ist eine Form der Regierung, die kaum noch Anspruch auf diese Bezeichnung hat. Dieser Idealzustand wird, so glaube ich, in unserer Welt erst in zwanzig oder dreißig Jahrhunderten erreicht sein, wenn ich mich aus diesem irdischen Jammertal längst verabschiedet und meine öffentlichen Verpflichtungen in der Hölle übernommen haben werde.

1919

Mehr zum gleichen Thema

Der Durchschnittsmensch, wie groß seine Irrtümer auch sein mögen, erkennt zumindest soviel mit großer Deutlichkeit, daß nämlich die Regierung etwas ist, das völlig außerhalb seiner eigenen Interessen und der Interessen seiner Mitbürger liegt – die Regierung ist für ihn eine getrennte, unabhängige und oft feindselige Macht, über die er nur sehr geringe Kontrolle hat und die ihm erheblichen Schaden zufügen kann. In romantischen Augenblicken mag sie ihm wie ein gütiger Vater vorkommen, ja wie eine Art Dschinn oder Gott – niemals jedoch hält er die Regierung für einen Teil seiner selbst. In Krisenzeiten erwartet er von ihr, daß sie Wunder für ihn tut; zu anderen Zeiten ist sie ein Feind, mit dem er sich pausenlos herumschlagen muß. Ist es nicht eine bemerkenswerte Tatsache, daß Staatsschädigung überall als ein geringeres Vergehen angesehen wird als die Schädigung eines Individuums oder sogar einer Körperschaft? In den Vereinigten Staaten steht heute eine geringere Strafe darauf; eine regierungsfeindliche Einstellung ist weit weniger anrüchig als eine so triviale Konstellation wie Bigamie mit zwei einverstandenen Partnern.

Hinter diesen Haltungen steht nach meiner Ansicht ein untrüglicher Instinkt für den elementaren Widerspruch zwischen der Regierung und dem Volk, das von ihr regiert wird. Die Regierung wird nicht als eine Art Bürgerkomitee angesehen, das zu dem Zweck gewählt wurde, die Interessen der ganzen Bevölkerung wahrzunehmen, sondern als eine separate und autonome Körperschaft, die sich vorwiegend der Aufgabe widmet, die Bevölkerung im eigenen Interesse auszubeuten. Sie zu berauben wird hier zu einer beinahe edlen Tat, zu einer Betätigung, die an Robin Hood denken läßt und an die großen Piraten der Vergangenheit. Wenn ein Privatmann beraubt wird, bringt man damit in der Regel einen wakkeren Bürger um die Früchte seines Fleißes und seiner Sparsamkeit; wenn dagegen die Regierung beraubt wird, hat das lediglich zur Folge, daß ein paar Schurken und Ganoven nicht mehr so viel Geld zum Spielen haben wie vorher. Die Vorstellung, daß diese Typen das Geld ehrlich verdient haben könnten, ist grotesk – sie erschiene den meisten Menschen lächerlich. Die Regierung besteht eben aus Schuften, die durch eine Laune des Gesetzes das fragwürdige Anrecht auf einen Teil des Verdiensts ihrer Mitbürger erworben haben.

Wenn der intelligente Bürger Steuern zahlt, glaubt er natürlich keinen Augenblick, daß er sein Geld klug und produktiv anlegt; im Gegenteil: er ist überzeugt, daß er vom Staat für Dienstleistungen ausgenommen wird, von denen er in der Regel nichts hat, ja die ihm spürbar Schaden zufügen. Er mag zwar überzeugt sein, daß zum Schutze seines Lebens und seines Eigentums die Polizei notwendig ist und daß ein Heer und eine Flotte ihn davor bewahren, von irgendeinem obskuren ausländischen Kaiser in den Zustand der Sklaverei zurückversetzt zu werden, aber selbst dann noch hält er diese Einrichtungen für überaus kostspielig – selbst in den elementarsten staatlichen Einrichtungen sieht er nur Instrumente, die es den Ausbeutern, aus denen die Regierung schließlich besteht, erleichtern, ihm das Fell über die Ohren zu ziehen.

Zu diesen Ausbeutern hat er nicht das geringste Vertrauen – er hält sie für nutzlose Raubtiere und ist überzeugt, daß er von ihren riesigen und kostspieligen Operationen genausoviel profitiert wie von dem Geld, das er seinem Schwager leiht. Die Regierung ist eine Macht, die ihm ständig auflauert, begierig, jede Gelegenheit zu nutzen, ihm sein Geld abzuknöpfen. (Wenn es ginge, würde man ihn bis aufs Hemd ausziehen; daß man ihm überhaupt etwas läßt, ist Bauernschläue: Auch der Landmann läßt den Hennen ein paar Eier übrig.)

Die Regierungsclique hat sich gegen jede Art von Bestrafung abgesichert. Auch ihre schlimmsten Exzesse, selbst wenn sie schamlos dem eigenen Profit dienen, stehen laut Gesetz nicht unter Strafe. Seit den Anfängen der Republik sind weniger als ein Dutzend Regierungsmitglieder ihres Amtes enthoben worden, und nur ein paar obskure Handlanger sind ins Gefängnis gewandert. Die Zahl derjenigen, die in den Gefängnissen von Atlanta und Leavenworth wegen Widerstands gegen die Erpressungen der Regierung sitzen, ist zehnmal so groß wie die Zahl von Regierungsbeamten, die dafür verurteilt wurden, daß sie Steuerzahler übers Ohr gehauen haben. Heutzutage ist der Staat zu stark, als daß es noch sicher wäre für unsereinen. Es gibt keine Bürger mehr auf der Welt, es gibt nur noch Untertanen, die tagein, tagaus für ihre Herren und Meister arbeiten und die, wenn nötig, auf deren Wink sterben. Vom Arbeiten und Sterben haben sie zusehends weniger. Eines schönen künftigen Tages, ein oder zwei geologische Zeitalter nach dem unsrigen, wird ihre Geduld am Ende sein, und die wenigen Zeitungen, die es dann noch geben wird, werden auf der ersten Seite eine Geschichte drucken, die ihre schwarzen Lettern in der Tat wert ist. 1925

Regierungstheorien

In jedem Zeitalter versuchen die Vertreter der jeweils herrschenden politischen Theorie, dieser Doktrin dadurch eine gewisse Würde zu verleihen, daß sie sie mit den zeitgenössischen Wunschvorstellungen identisch erklären, die gerade besonders verbreitet sind. In den Tagen der Monarchie wurde diese Regierungsform als ›Verteidigung des Glaubens‹ bezeichnet. Heute, im Zeitalter der Demokratie, wird die Demokratie als der einzig verläßliche Hort der Freiheit bezeichnet. Der Kommunismus (oder der Superkommunismus) von morgen, so vermute ich, wird der Bourgeoisie verkauft werden als der einzig wahre Garant von Frieden, Gerechtigkeit und Wohlstand. Alle diese Versuche, Ursache und Wirkung logisch zusammenzuschließen, sind abwegig. Die Monarchie war ihrem Wesen nach alles andere als eine Verteidigerin des Glaubens: sie war dessen Rivalin und ärgste Feindin. Die Demokratie fördert nicht die Freiheit – sie reduziert und zerstört sie. Und der Kommunismus, wie das Beispiel Rußland zeigt, ist nicht eine Quelle von Frieden, Gerechtigkeit und Wohlstand, sondern eine Kloake, in der diese Werte ertränkt werden. 1922

Die Ursprünge der Demokratie

Was wir heute Demokratie nennen, kam unter süßer, sanfter Begleitmusik auf die westliche Welt. Zu Beginn gab es kein lautes Wehklagen von unten, sondern nur ein zartes Zwitschern von oben. Der demokratische Mensch begann als eine Art Idealwesen, voller unsagbarer Vorzüge und romantischer Schwächen; wie Rousseaus edler

Wilde mit Umhang und Weste angetan, wurde er aus der tropischen Wildnis in die zivilisierte Welt verpflanzt, um deren Herren und Meister zu verunsichern. Die Folgen sind bis heute spürbar. Genau wie im 18.Jahrhundert ist es auch heute unmöglich, die demokratische Idee von der Theorie zu trennen, die besagt, daß der Mensch ganz unten auf der sozialen Leiter einen mystischen Wert besitzt, eine esoterische, unzerstörbare moralische Geradheit, und daß aus seiner Unterlegenheit auf seltsame, zauberhafte Weise eine Art von Überlegenheit erwächst – die Überlegenheit über alle Überlegenheiten. Überall auf der Welt (mit Ausnahme in jenen Ländern, in denen die Aufgeklärtheit der modernen Welt sich vorübergehend auf dem absteigenden Ast befindet) gibt es kraftvolle Bestrebungen zur Aufwertung der unteren Klassen. Dort, ganz unten, so hört man, ruht nämlich ein reiches, unermeßliches Reservoir an Rechtschaffenheit und Weisheit, unverdorben vom Gift der Privilegien. Probleme, vor denen die Staatsmänner ratlos stehen, werden vom einfachen Volk auf der Stelle und mit einer Art seraphischer Intuition gelöst. Die Sehnsüchte der Massen sind rein, und nur das Volk ist zu wahrem Patriotismus fähig; auf dem einfachen Volk ruhen alle Hoffnungen für Frieden und Glück auf diesem tristen Erdball. Das Heilmittel für die Übel der Demokratie heißt: noch mehr Demokratie.

Das Demokratiekonzept enstand, wie ich bereits angedeutet habe, in den poetischen Hirnen einiger hochgestellter Herren – sentimentaler Menschen, die erschreckt feststellen mußten, daß der Esel überladen war, und die als Reform vorschlugen, den Esel künftig in den Karren zu setzen. Die frühen Anhänger der Demokratie scheinen wenig Gedanken auf das demokratische Ideal verschwendet und noch weit weniger Respekt vor ihm empfunden zu haben. Was sie wollten, war etwas Konkretes und sehr Materialistisches: mehr zu essen, weniger Arbeit, höhere Löhne, niedrigere Steuern. Sie hatten wenig Vertrauen in die esoterischen Tugenden ihrer eigenen Klasse und nicht das geringste in ihre Fähigkeit zu regieren. Ihr Ziel war nicht so sehr, den Baron abzuschaffen, sondern den Baron wieder dazu zu bringen, daß er sich um seine Pflichten als Baron kümmert. Wenn im Gefolge der wilden Schießereien, die grundsätzlich alle Pöbelaufstände begleiten, das erstgenannte Ziel eher zufällig erreicht worden war (wie seinerzeit in Frankreich) und Männer aus dem Volk sich Barons-Allüren zuzulegen begannen, zeigte der Pöbel bald unmißverständlich, was er davon hielt: Er schlachtete diese Leute planmäßig und gründlich ab. Sobald die Fronten klar waren, erwies es sich als sehr viel gefährlicher, ein Volkstribun zu sein als eine Zierde der alten Ordnung. Je reichlicher das Blut floß, desto näher rückte die Wiederherstellung der alten Ordnung. Das Pariser Proletariat, das 1793 dazu verführt worden war, den König umzubringen, widmete die nächsten zwei Jahre der Tötung derjenigen, die es an der Nase herumgeführt hatten; im Juli 1796 hatte das Volk einen neuen König, und drei Jahre später besaß dieser König sein Amt auch *de jure*, mit einem Rattenschwanz von Baronen, Grafen, Marquisen und Herzögen. Es waren zwar ein paar neue darunter, aber die meisten waren die alten – ihre Aufgabe war es, seine Souveränität zu bewahren, zu symbolisieren und zu repräsentieren.

Inzwischen ist, wie man weiß, die demokratische Theorie von den Metaphysikern bis zum Pöbel durchgesickert – verschleiert durch den Aufruhr, aber immer noch gut bei Kräften. Die Rhetorik verrichtete dabei, wie eine heimliche Seuche, ihr unvergängliches Werk. Überall dort, wo die Menschen mit der harten Realität von Schlachten und Plünderungen konfrontiert waren (das heißt, überall auf dem Kontinent), drang die demokratische Theorie nur zögernd in ihren Blutkreislauf ein, aber überall dort, wo die Menschen Zeit hatten, sich Reden anzuhören (wie in England und vor allem in Amerika), erlagen sie ihr auf der Stelle. Am Ende, als die Welt erschöpft war und die Kriege vorüber, machten sich ihre Wirkungen überall bemerkbar. Wenn der demokratische Mensch über sich selbst nachdachte, erwärmte er sich am demokratischen Schauspiel. Seine materielle Lage hatte sich deutlich verbessert. Einst ein Sklave, war er jetzt nur mehr Leibeigener. Ehedem zum Schweigen verurteilt, stand es ihm jetzt frei, seine Herren zu kritisieren, ja sie sogar zu verspotten (und die göttliche Vorsehung obendrein). Und je größeres Geschick er in dieser trüben und faszinierenden Kunst erwarb, desto mehr begann er über seine eigenen Verdienste und Möglichkeiten zu staunen. Er durfte jetzt, so schien es, nicht nur freimütig und unabhängig Lob und Tadel aussprechen, provozieren und reklamieren – er sah sich nun auch im Besitz der Gabe moralischer Rechtschaffenheit in Wort und Tat, dazu mit einer ungewöhnlichen Fähigkeit ausgestattet, Ideen (besonders politische) auszubrüten. So nahmen in seinem Kopf Wünsche unversehens die Gestalt und Würde von legalen Rechten an, und auf die gleiche Weise wurden aus den Wünschen seiner Herren die Bilder einer niedrigen, schändlichen Lust. Etwa um 1828 in Amerika und um 1848 in Europa hatte sich die Überzeugung gebildet, daß moralische Überlegenheit (und, damit verbunden, die reine, unbestechliche Klugheit) allein in den unterlegenen vier Fünfteln der Menschheit anzutreffen sei. 1867 trieb ein Philosoph aus dem Ghetto diese Doktrin in ihre logische Konsequenz. Er lehrte, daß die überlegene Minorität keinerlei Tugenden besäße und daher auch keine Rechte, daß die Welt ausschließlich und bedingungslos jenen gehöre, die Wälder und Flüsse nutzbar machten. Nach einem halben Jahrhundert hatte er mehr offene und heimliche Anhänger in der Welt als jeder andere Sophist seit apostolischen Zeiten.

Seither hat es offensichtlich auch Absetzbewegungen von dieser extremen Position gegeben. Die Diktatur des Proletariats, die hier und da ausprobiert worden ist, hat sich – wenn ich hier ein vorurteilsbeladenes Urteil aussprechen darf – als wenig praktisch erwiesen. Selbst die fortschrittlichsten Liberalen fühlten sich veranlaßt, während sie die Entstehung des Neuen verfolgten, traurig hinter vorgehaltener Hand zu hüsteln. Es würde jedoch den Tatsachen nicht entsprechen, wenn ich behauptete, das fundamentale demokratische Dogma sei inzwischen über Bord geworfen bzw. spürbar revidiert worden. Im Gegenteil: es gedeiht jetzt üppiger als je zuvor. Der Erste Weltkrieg wurde in seinem Namen bestritten, und es wurde mit lauten Hosianna-Rufen von allen besiegten Nationen begrüßt. Überall in der Christenheit ist es jetzt offizielle Staatsreligion, ausgenommen ein paar glückliche Länder, in denen Gott derzeit ein Nickerchen hält. Überall werden seine Axiome anerkannt: a) daß die breite Masse das unveräußerliche Naturrecht besitzt, sich selbst zu regieren, und b) daß sie dazu durchaus in der Lage ist. Gibt es vielleicht heftige und bedauerliche Ausbrüche von Schwachsinn in den Massen? Das könnte daran liegen, daß sie von denen in die Irre geführt worden sind, die sie bloß ausbeuten wollen. Das Heilmittel heißt: mehr Erziehung. Ist die Masse etwa mitunter ein bißchen ungezogen, ja sogar schweinisch? Das wäre nur die natürliche Reaktion gegen die Unterdrückung der Massen. Das Heilmittel wäre hier: Befreiung von aller

Unterdrückung. Das Hauptziel aller christlichen Regierungen ist heute (wenn auch nicht in Wirklichkeit, so doch in der Theorie), die Befreiung voranzutreiben, die eigene Macht zu vergrößern, immer längere Abzapfrohre in das Reservoir natürlicher Volksweisheit zu treiben. Nur die Regierung darf sich eine gute nennen, die rasch und präzise auf die Wünsche und Ideen des Volkes reagiert; schlecht sind alle diejenigen, die der Allmacht des Volkes Grenzen zu ziehen versuchen und hinter seine Allwissenheit Fragezeichen setzen. 1926

Ein blinder Fleck

Meine Abneigung gegen die Demokratie als eine politische Theorie hat zweifellos, wie jedes menschliche Vorurteil, etwas mit einem Mangel zu tun – einem Defekt, der weniger die Theorie als mich selbst betrifft. In diesem besonderen Fall ist es wahrscheinlich meine Unfähigkeit, Neid zu empfinden. Dieses Gefühl oder diese Schwäche, oder wie auch immer, gehört einfach nicht zu meiner Grundausstattung: Wo sie sein sollte, gähnt ein Loch. Wenn ein Mitmensch Glück gehabt hat, stehe ich vor ihm wie ein Börsenmakler vor Johann Sebastian Bach – ich empfinde weder Freude noch Beunruhigung. So ist zum Beispiel die Tatsache, daß John D. Rockefeller mehr Geld besaß als ich, ebenso uninteressant für mich wie die Tatsache, daß er an das Untertauchen des Körpers bei der Taufe glaubte und Wechselmanschetten trug. Und die Tatsache, daß irgendein halb-anonymer Esel zum Präsidenten der Vereinigten Staaten gewählt worden ist oder zum Harvard-Professor ernannt wurde oder eine reiche, vielleicht sogar eine schöne und liebenswerte Frau geheiratet hat – dieses Faktum ist ebenso bedeutungslos für mich wie die letzte Pseudo-Nachricht aus dem hintersten Osteuropa.

Der Grund für diesen Sachverhalt ist nicht irgendein angeborener innerer Adel oder eine erworbene Tugend – weit gefehlt. Der Grund liegt in dem zufälligen Umstand, daß die Beschäftigung, der ich nachgehe, mich selten in unmittelbare Konkurrenz mit anderen Menschen bringt. Natürlich habe ich Rivalen, aber keine so direkten wie sie ein Delikatessenhändler oder ein Pfarrer oder ein Rechtsanwalt oder Politiker hat. Ihre Erfolge gehen in der Regel nicht auf meine Kosten. Ich habe immer genug Geld gehabt, um meine bescheidenen Ansprüche befriedigen zu können, und ich habe es immer leichtgefunden, mehr zu verdienen, als ich tatsächlich brauche. Ich bin allen Ideen gegenüber skeptisch (ganz besonders auch meinen eigenen), und ich habe es nie als schmerzlich empfunden, wenn die Ideen irgendeines anderen Schwachkopfes die Oberhand behielten.

Ich bin also nicht neidisch, und es ist für mich ganz unmöglich, für neidische Menschen Sympathie zu empfinden. Daraus ergibt sich, daß ich mich für Halluzinationen wie ›Demokratie‹ und ›Puritanismus‹ nicht erwärmen kann, denn wenn man diesen Begriffen ihren Anteil an Neid nimmt, beraubt man sie ihrer Substanz – sie sind nämlich alle auf dem Prinzip des Hasses gegründet: dem Haß des Unterlegenen auf den Überlegenen, dem es besser geht. Natürlich hört man häufig ganz andere Definitionen. Der Puritanismus wird etwa beschrieben als eine höhere Form des Gehorsams gegenüber Gottes Geboten; die Demokratie wird definiert als eine Art Bruderschaft, sogar als Altruismus. Aber alle diese Definitionen sind grundfalsch. Im innersten Kern des Puritanismus stößt man auf den Urinstinkt, nach Bestrafung derjenigen zu rufen, die eine Begabung zum Glücklichsein zu haben scheinen; der Puritanismus will sie auf die klägliche Ebene der ›guten‹ Menschen reduzieren, das heißt auf die Ebene dummer, feiger und chronisch unglücklicher Menschen. Offiziell gibt es nur ein einziges vernünftiges Argument für die Demokratie: daß es ein Verbrechen ist, sich für besser als andere Menschen zu halten. (Und das schlimmste Verbrechen ist es, den Beweis für diese Behauptung anzutreten.)

Was ich an Menschen am meisten bewundere, ist eine heitere Gemütsverfassung, eine Abneigung gegenüber moralischen Werturteilen und eine allumfassende Toleranz – kurz, eine sportlich faire Einstellung. Diese Haltung darf nicht verwechselt werden mit der Tendenz, den Ecken und Kanten des Lebens aus dem Wege zu gehen. Im Gegenteil: Menschen dieses Schlages sind oft muntere Streiter, die bei kräftigem Widerstand ausgesprochen aufblühen. Aber wenn sie kämpfen, tun sie das wie ein Gentleman im Duell, nicht wie ein Matrose, der eine Hafenkneipe in Trümmer legt. Das heißt, ein solcher Mensch wacht sorgfältig über seinen *amour propre*, indem er zunächst immer annimmt, daß sein Gegner ein genauso anständiger Kerl ist wie er selbst und am Ende vielleicht sogar recht haben könnte. Eine derartige Einstellung ist für einen Demokraten unvorstellbar. Sein Merkmal ist es geradezu, daß er seine Gegner grundsätzlich nicht nur mit allen ihm zur Verfügung stehenden Mitteln angreift, sondern auch seine moralische Verachtung deutlich zum Ausdruck bringt (natürlich ist er von seiner eigenen moralischen Überlegenheit tief durchdrungen); er ist unfähig, seinem Gegner die bürgerliche Ehre zuzubilligen, und deshalb selber das Gegenteil von einem Ehrenmann. Ich kann solche Burschen nicht ausstehen. In ihre Gefühle kann ich mich nicht hineinversetzen, ich kann ihre moralische Entrüstung nicht verstehen, ebensowenig wie ihr cholerisches Temperament. Ganz unbegreiflich ist mir ihr Neid – deshalb bin ich gegen sie. 1920

Letzte Worte

Einer der Vorzüge der Demokratie liegt auf der Hand: sie ist eine der charmantesten Regierungsformen, die je von Menschen erdacht worden sind. Der Grund dafür ist naheliegend. Die Demokratie beruht auf Annahmen, die nachweislich unwahr sind – und wie jedermann weiß, sind für die Mehrheit der Menschen unwahre Annahmen weitaus faszinierender und befriedigender als wahre. Die Wahrheit hat eine Schroffheit, die die Menschen abschreckt, und einen Hauch von Endgültigkeit, der sich mit ihrem unausrottbaren Hang zur Romantik nicht verträgt. In Notlagen werden sie sich immer an die alten Versprechungen halten, die zwar offenkundig falsch, aber dennoch überaus tröstlich sind, und keine ist so tröstlich wie die, daß die Erniedrigten die Erde erben werden. Diese Verheißung ist ein Grundpfeiler der herrschenden modernen Religionssysteme ebenso wie der herrschenden politischen Systeme. Die Demokratie gibt ihnen den Anschein objektiver, beweisbarer Wahrheit. Dem Proleten, in seiner Rolle als Staatsbürger, gibt sie das Gefühl, daß er in der Welt eine wichtige Rolle spielt, daß er die Fäden in der Hand hält. Aus seiner rührseligen Kumpanei mit Spitzbuben und Scharlatanen erwächst ihm das Gefühl einer gewaltigen und geheimnisvollen Macht – ein Gefühl, das seit je Erzbischöfe, Polizeikommissare und ähnliche Großmoguln mit Glück erfüllt. Und aus diesem Gefühl erwächst auch die Überzeugung, daß der Prolet irgendwie weise ist, daß seine Ansichten von seinen Oberen ernst genommen werden – ein Gefühl, das wiederum US-Senatoren, Wahrsager und junge Intellektuelle mit Glück erfüllt. Und schließlich erwächst daraus auch ein glühendes Bewußtsein nobler Pflichterfüllung, das Henker und Ehemänner mit Glück erfüllt.

Alle diese Varianten des Glücks sind natürlich Einbildung. Sie sind nicht von Dauer. Der Demokrat, der einen Luftsprung macht, mit den Flügeln klappert und Gott im Himmel preist, plumpst jedesmal unsanft zurück auf die Erde. Der Keim seines Unglücks liegt in der eigenen Dummheit: Er kann sich einfach nicht von der naiven Einbildung befreien (einer überaus christlichen Einbildung!), daß man das Glück immer dann erringt, wenn man es einem anderen Menschen wegnimmt. Die Keime des Unglücks liegen aber auch in der Natur der Dinge selbst: ein Versprechen bleibt schließlich immer nur ein Versprechen, selbst wenn es von göttlichen Offenbarungen untermauert zu sein scheint und sich Gründe, die gegen seine Erfüllung sprechen, auf eine deprimierende mathematische Formel bringen lassen. Hier zeigt sich die Ironie allen menschlichen Strebens: die Suche nach Glück führt am Ende immer ins Unglück. Diese Feststellung bedeutet nichts weiter, als daß der ganze Charme der Demokratie sich weniger dem Demokraten selber als vielmehr dem von außen Zuschauenden erschließt. Diesem Zuschauer, so scheint mir, wird in der Tat eine erstklassige Show geboten: es gibt nichts, was auf heroische Weise absurder wäre. Welche grotesken Vortäuschungen! Was für eine Kollektion von Albernheiten! Welch ein Reichtum an Betrügereien! Aber ist Betrug etwa nicht amüsant? Wer das bestreitet, gehört von einem Psychologen untersucht. Der Betrug der Demokratie, behaupte ich, ist amüsanter als jeder andere, sehr viel amüsanter jedenfalls als der Betrug der Religionen. Geh in deine Hauskapelle und denke nüchtern an einige der typischen Erfindungen der Demokratie! Oder versuche es mit einem der typisch demokratischen Propheten. Wenn du nicht bleich und verzückt zurückkommst, wirst du auch nicht beim Jüngsten Gericht lachen, wenn die Presbyterianer aus ihren Gräbern steigen wie die Küken aus der Eierschale und mit Freudenschreien ins Weltall auffliegen.

Ich habe bislang von der Möglichkeit gesprochen, daß die Demokratie eine Krankheit ist, die die Menschen für eine Weile außer Gefecht setzt, so wie die Masern. Vielleicht ist sie aber doch mehr: Die Demokratie ist tatsächlich eine verzehrende Seuche. Man kann sie nicht objektiv betrachten, ohne von ihrem merkwürdigen Selbstmißtrauen beeindruckt zu sein, ihrer offensichtlich unausrottbaren Neigung, die ganze demokratische Philosophie bei den ersten Anzeichen von Überanstrengung über Bord zu werfen. Ich brauche nicht darauf hinzuweisen, was in demokratischen Staaten unweigerlich passiert, wenn die nationale Sicherheit bedroht ist. Bei solchen Anlässen verwandeln sich alle großen Verfechter der Demokratie (wie in einem kreatürlich-elementaren Prozeß) in Despoten von geradezu sagenhafter Grausamkeit. Dieser Verwandlungsprozeß ist jedoch nicht auf Zeiten des Schreckens und der Massenunruhe beschränkt: er läßt sich tagein, tagaus beobachten. Die Demokratie scheint unentwegt darauf aus zu sein, das zu töten, was sie in der Theorie zu lieben vorgibt. Alle ihre Axiome werden dann zu rauschenden Paradoxien, und manche verwandeln sich in unübersehbare Widersprüche. Der Mob mag zwar dazu fähig sein, den Rest der Bevölkerung zu beherrschen, aber er muß sich selbst einer straffen Polizeigewalt unterwerfen. Es gibt eine Herrschaft – nicht der Menschen, sondern der Gesetze, aber es sind letzten Endes Menschen, die darüber entscheiden, wie diese Gesetze aussehen sollen. Die höchste Aufgabe des Bürgers ist es, dem Staat zu dienen, aber die Grundannahme, auf die er stößt, wenn er seine Pflicht erfüllen will, ist die seiner eigenen Verlogenheit und Ehrlosigkeit. Ist diese Annahme berechtigt? Wenn ja, dann wird die Farce um so köstlicher.

Ich für mein Teil muß gestehen, daß mir das Ganze großen Spaß macht. Ich genieße die Demokratie in vollen Zügen. Sie ist so unbeschreiblich töricht und deshalb unvergleichlich amüsant. Hat sie ein Herz für Dummköpfe, Feiglinge, Spitzbuben, Ganoven? Dann wird der Schmerz, den man bei ihrem Aufstieg empfindet, mehr als wettgemacht durch die Freude an ihrem Sturz. Ist die Demokratie übermäßig verschwenderisch, extravagant und unehrlich? Die anderen Regierungsformen sind keinen Deut besser – alle sind sie der Feind des anständigen Bürgers. Ist sie im Grunde gemein? Nun, wir haben mit dieser Gemeinheit seit 1776 gelebt, und gar nicht einmal so schlecht. Vielleicht stellt sich ja heraus, daß Gemeinheit auf die Dauer ein unverzichtbares Merkmal jeder Regierungsform ist, ja sogar zum Wesen der Zivilisation gehört: Zivilisation, verstanden als ein kolossaler Schwindel. Ich weiß nicht – ich kann nur feststellen, daß das Schauspiel, Schweinehunde am Werk zu sehen, etwas Erhebendes hat. Aber vielleicht kommt hier doch meine boshafte Ader allzu deutlich durch: meine Sympathien gegenüber Schweinehunden sind eher zurückhaltend. Was ich nicht begreife, ist, wie jemand an die Demokratie glauben kann, der Schweinehunde unterstützt und dem es weh tut, wenn sie als solche bloßgestellt werden. Wie kann jemand ein Demokrat sein, der aufrichtig ein Demokrat ist? 1926

Amerikanische Kultur

Der größte Mangel der Kultur dieser Vereinigten Staaten ist das Fehlen einer zivilisierten Aristokratie, die sich ihrer Stellung sicher und von einer gescheiten Neugier beseelt ist, skeptisch gegenüber allen wohlfeilen Verallgemeinerungen, über die Sentimentalität der Masse erhaben und beflügelt vom Wettstreit der Ideen um ihrer selbst willen. Das Wort, das ich hier trotz der adjektivischen Einschränkungen benutze, weckt unweigerlich Assoziationen, die ich keinesfalls im Sinne habe. Jede Erwähnung des Worts ›Aristokratie‹ bringt in einem Land, das an demokratisches Sackleinen gewöhnt ist, Vorstellungen von Bankiersgattinnen mit sich, die sich lustvoll in Opernlogen räkeln, oder von hageren Engländern, die ganze Rebhuhngenerationen auf unglaubliche Weise dahinmetzeln, oder von windigen Grafen, die ihren Charme an den Töchtern von Fast-Food- und Badewannen-Magnaten auslassen. Diese irrige Vorstellung gehört zur amerikanischen Tradition. Ihr Umfang und Ausmaß zeigt sich immer wieder in der naiven Annahme, daß die sogenannten maßgeblichen Kreise in den Großstädten – in der Hauptsache sind es reiche Industrielle auf der Innendekorateur- und Country Club-Stufe der Kultur – eine Aristokratie darstellen, und in der kaum weniger bemerkenswerten Überzeugung, daß der englische Adel mit den englischen Landedelleuten identisch ist, d. h., daß Leute wie Lord Northcliffe und Lord Reading[1] englische Junker sind.

1 Alfred Charles William Harmsworth, Viscount Northcliffe (1865-1922), englischer Journalist und Zeitungsverleger, Begründer der »Regenbogenpresse«.
Rufus Daniel Isaacs, Marquess of Reading (1860-1935), englischer

Hier, wie auch sonst, ist der Gläubige der Vater seines Gottes, egal ob es ein guter oder ein böser Gott ist. Der unterlegene Mensch muß sich Überlegene suchen, damit er darüber staunen kann, daß er politisch gleichberechtigt mit ihnen ist; wenn derartige Überlegene de facto nicht vorhanden sind, schafft er sich welche de jure. Das erhabene Prinzip ›ein Mensch, eine Stimme‹ muß in die Sprache von Dollars, Diamanten, modischen Trends übersetzt werden – die Gleichheit aller Menschen vor dem Gesetz muß klar und unmißverständlich bewiesen werden. Mitunter wird es aber noch differenzierter und subtiler. Der unterlegene Mensch braucht eine Aristokratie – nicht nur, um seine Gleichheit zu demonstrieren, sondern auch seine tatsächliche Überlegenheit: die Klatschspalten in den Zeitungen haben vermutlich hier ihren Ursprung.

Eine echte Aristokratie zeichnet sich durch eine innere Sicherheit aus, deren sichtbarstes Zeichen die Freiheit ist: die Freiheit nicht nur, nach Belieben zu schalten (es scheint das gottgegebene Recht des Aristokraten, sich so zu verhalten, wie es ihm paßt, solange er nicht die ungeschriebenen Gesetze seiner Klasse verletzt), sondern auch die Freiheit zu denken, die Freiheit zu irren, die Freiheit, für sich selbst geradezustehen. Jede wahre Aristokratie besitzt einen Instinkt für das Exzentrische: sie bestraft es nicht mit Verboten, sondern umhüllt es mit dem Mantel der Nachsicht, um es vor den Verdächtigungen und Ressentiments der unteren Klassen zu schützen. Diese niederen Klassen sind beschränkt, ängstlich, feindselig gegenüber neuen Ideen und Veränderungen und dazu noch einem rührseligen Aberglauben verfallen. Je-

Jurist und Politiker (englischer Botschafter in Washington, Vizekönig von Indien).

der wirkliche Fortschritt spielt sich immer nur auf den höheren gesellschaftlichen Rängen ab. Es ist gleichzeitig Merkmal und Rechtfertigung einer echten Aristokratie, daß sie sich der breiten Masse gegenüber nicht zu verantworten braucht.

Im Amerika von heute, soviel dürfte inzwischen klar geworden sein, gibt es keine solche Aristokratie. Ansätze hat es im Staate Virginia im 18. Jahrhundert gegeben, aber mit Jefferson und Washington verschwanden die verheißungsvollen Anfänge. In Neuengland, so scheint mir, hat es nie etwas Vergleichbares gegeben, weder im ausgereiften noch im Embryonal-Zustand; es gab dort lediglich eine Theokratie, die schnell zu einer Plutokratie degenerierte, dazu eine Kaste steriler Pedanten: die religiöse Leidenschaft spaltete sich in eine Lust auf Dollars und eine Schwäche für bloße Worte auf. Trotz der allgemein verbreiteten gegenteiligen Vorstellung (die auf einer Verwechselung von Alphabetentum und Intelligenz beruht) hat es in Neuengland selbst in seiner besten Zeit nie eine echte Begeisterung für Ideen gegeben. Diese Region begann ihre Geschichte als ein Ideen-Schlachthof und ist heute kaum noch von einer Ideen-Warenhalde zu unterscheiden. Die berühmten neuenglischen mystischen Abenteuer, die einst so kühn und programmatisch schienen, wirken heute wie ein verstaubter Hokuspokus – respektable Unitarier jagten den Bauern und dem Rindvieh auf der Weide einen Schrecken ein, wenn sie sich als Rosenkreuzler verkleideten.[2]

Ähnlich steht es mit der Politik. Seit dem Bürgerkrieg sind in Neuengland weniger politische Ideen geboren worden (das heißt, was man in der Republik so unter

2 Mencken spielt hier auf den Transzendentalismus an, eine mystisch-pantheistische Bewegung in Neuengland, die mit den Namen Ralph Waldo Emerson und Henry David Thoreau verbunden ist.

politischen Ideen versteht ...) als in einem durchschnittlichen Verwaltungsbezirk von Kansas oder Nebraska. Wie in Neuengland, so sieht es heute auch in allen anderen Regionen des Landes aus. Was man aus der Vogelperspektive beobachten kann, ist eine Kultur, die, ebenso wie die nationale Literatur, aus drei Ebenen besteht: an der Spitze die Plutokratie, und ganz unten die amorphe Masse menschlicher Nullen, die von Demagogen herumkommandiert werden; dazwischen eine hilflose Intelligenzschicht, die ein prekäres Leben führt. Ich brauche die intellektuellen Mängel der Plutokratie nicht einzeln aufzuführen, vor allem nicht ihr völliges Versagen bei dem Versuch, auch nur in Ansätzen etwas Aristokratie-Ähnliches auf die Beine zu stellen. Unsere Plutokratie hat eine miserable Bildung, sie ist stupide, beherrscht von primitivem Aberglauben und Vorurteilen, ihr fehlt jegliche Tradition und jede Art von Leitbild – vor allem mangelt es ihr an elementarer Unabhängigkeit und Courage. Aus dieser Schicht rekrutiert sich die modische Society unserer Großstädte, die ich bereits charakterisiert habe. Sie weist alle Wundmale der Inferiorität auf: moralische Gewißheit, Grausamkeit, Mißtrauen gegenüber Ideen und Ängstlichkeit. Nirgends offenbart sie ihre Eigenschaften deutlicher als in den immer wiederkehrenden Attacken gegen den Radikalismus, d. h. gegen humorlose Leute, die, wie Andrew Jackson[3], die Platitüden der Demokratie ernst nehmen. Und welche Theorie liegt alldem zugrunde? Soweit man überhaupt davon sprechen kann, handelt es sich hier nicht so sehr um eine Theorie als vielmehr um die nackte Angst – eine zitternde, dümmliche, schändliche Angst vor Gespenstern, eine

3 Andrew Jackson (1767-1845), siebter Präsident der Vereinigten Staaten.

überwältigende, lähmende Furcht vor den demagogischen Kommunisten.

Es wäre absurd, Aufgeschlossenheit für Ideen in einer Klasse zu erwarten, die eine extreme Angst selbst vor den groteskesten Einfällen hat. Die Philosophie dieser Klasse beruht auf der Überzeugung, daß die herrschende Ordnung für alle Ewigkeit vor Angriffen geschützt werden muß – nicht nur vor Angriffen, sondern auch vor jeder begründeten Kritik; ihre Ethik basiert auf der These, daß jeder Versuch einer Kritik bereits ein Zeichen moralischer Verwerflichkeit ist. Innerhalb der eigenen Reihen, die durch hierarchische Privilegien geschützt sind, gibt es nichts, was auch nur entfernt einer Kritik ähnelt. In anderen Ländern hat die Plutokratie häufig Männer mit analytischem Verstand hervorgebracht, die bereit waren, ihre Instinkte zu rationalisieren und in eine gewisse Relation zu den Hauptrichtungen der Geistesgeschichte zu bringen. In den Vereinigten Staaten hat es nichts Vergleichbares gegeben. Was die amerikanischen Zeitungen von denen aller andern Länder unterscheidet, die einen gewissen kulturellen Anspruch erheben, ist nicht etwa ein Mangel an Wahrhaftigkeit oder an Würde und Ehre – diese Eigenschaften gehen Zeitungen grundsätzlich ab –, sondern ihre unheilbare Furcht vor Ideen, ihr permanenter Versuch, die Diskussion von elementaren Fragen dadurch zu verhindern, daß alle Probleme auf einige wenige Existenzängste reduziert werden und jede Form des Nachdenkens durch bloße Gefühlsreaktionen ersetzt wird. Die amerikanische Presse ist, im wahrsten Sinne des Wortes, uninformiert. Sie ist nur sehr selten intelligent – allenfalls dann, wenn es um die Kunst der Massenmanipulation geht. Sie ist nie auf mutige Weise anständig. Da sie sich stur an eine strenge Korrektheit der Meinungen hält, sinkt sie rasch auf einen formalistischen, schwächlichen Ton herab. Die Unterhaltungsmagazine sind vielleicht noch das Beste an der amerikanischen Presse, denn nur dort hält sich noch der Typus des alten, freien Journalisten am Leben. In den anspruchsvolleren Blättern findet man bloß ängstliche und nörglerische Feindseligkeit gegenüber allen Angriffen auf die herrschende Ordnung, wie urban und aufrichtig sie auch sein mögen – eine alles durchdringende, mühsam veborgene Furcht, daß der Mob eines Tages Amok laufen könne.

In Wahrheit wird die ganze Komödie nur wegen der Emotionen des Pöbels inszeniert. In der Theorie ist der Pöbel die Quelle aller politischen Weisheit und Tugend; er ist schließlich die Quelle aller politischen Macht. Selbst die Plutokratie kann den Pöbel nicht offen bekämpfen oder seine Schwächen ganz ignorieren. Das Geschäft der Pöbel-Disziplinierung muß diskret betrieben werden, vorsichtig und mit subtiler Technik. Zum größten Teil besteht dieses Geschäft darin, die tiefsitzenden Ängste der Masse am Leben zu erhalten: die Furcht vor fremden Gesichtern, fremden Ideen, ungewohnten Gesten, ungeprüften Freiheiten und Verantwortungen. Es gibt nur eine dauerhafte Emotion des unterlegenen Menschen: die Angst. Angst vor dem Unbekannten, Komplexen, Unerklärlichen. Was der Pöbel mehr als alles andere will, ist Sicherheit. Instinktiv wünscht er sich eine Gesellschaft, die so organisiert ist, daß sie ihn vor allen Risiken schützt – nicht nur vor physischen Gefahren, die an die Substanz gehen, sondern auch vor psychischen Bedrohungen: vor der Notwendigkeit, mit ungewohnten Problemen fertig werden zu müssen, Ideen abzuwägen, Dinge selbständig zu entscheiden, die Platitüden analysieren zu müssen, auf denen sein tägliches Denken beruht.

1920

Die Sahara der Bozart

(Dieser Artikel erschien in gekürzter Form zum erstenmal in der New Yorker Evening Mail *vom 13. 11. 1917. Er löste in den Südstaaten wilde Proteste aus – ich wurde seinetwegen monatelang, ja über Jahre hinweg überaus heftig angegriffen. In seiner vollständigen Fassung, wie hier abgedruckt, hat der Essay leider viel Patina angesetzt, aber ich lasse ihn stehen als eine Art historisches Dokument. Auf die Schmähungen der älteren Südstaatler folgte nämlich eine positive Reaktion von seiten der zivilisierteren jüngeren Generation, und es ist nicht ganz ausgeschlossen, daß meine Breitseite etwas mit der literarischen Renaissance in den Südstaaten zu tun hatte, die in der Mitte der zwanziger Jahre zu beobachten war.)*

> Alas, for the South! Her Books have grown fewer –
> She never was much given to literature.

Der unlängst verstorbene J. Gordon Coogler, der Verfasser dieser elegischen Zeilen, besaß die Intuition eines echten Lyrikers. Er war der letzte Barde des Dixie, zumindest in direkter Linie. Dort unten im Süden ist ein Dichter heute fast ebenso rar wie ein Oboist, ein Kupferstecher oder ein Metaphysiker. Es ist in der Tat verwirrend, über eine so erdrückende Leere überhaupt nur nachzudenken. Unwillkürlich kommen einem Vergleiche mit interstellaren Räumen in den Sinn oder mit der gewaltigen Ausdehnung des inzwischen zum Mythos gewordenen Äthers. Fast ganz Europa könnte in dieser erstaunlichen Region aus heruntergewirtschafteten Farmen, schäbigen Städten und paralysierten Gehirnen verschwinden; man könnte Frankreich, Deutschland und

Italien hineingeben, und noch immer wäre Platz für die Britischen Inseln. Und doch: trotz all der Größe und des Reichtums und des ›Fortschritts‹, von dem dort unten gefaselt wird, ist diese Gegend fast so steril – in künstlerischer, intellektueller, kultureller Hinsicht – wie die Wüste Sahara.

Es gibt in Europa winzige Flächen, in denen mehr erstklassige Menschen wohnen als in allen Staaten südlich des Potomac zusammengenommen. Wenn die gesamte ehemalige Konföderation morgen von einer riesigen Flutwelle überschwemmt würde, wären die Auswirkungen auf die zivilisierte Minorität in der ganzen Welt kaum größer als die einer Flutwelle auf dem Yangtsekiang. In der Geschichte der Menschheit gibt es keinen vergleichbaren Fall eines so vollständigen Austrocknens einer Zivilisation.

Ich sage Zivilisation, weil der Süden früher tatsächlich eine solche besaß, trotz der baptistischen und methodistischen Barbarei, die jetzt dort unten herrscht. Mehr noch, es war eine Zivilisation, die sich in vielerlei Hinsicht auszeichnete – vielleicht war es die beste, die die westliche Hemisphäre je gesehen hat (ohne Frage war es die beste, die diese Staaten je gesehen haben). Bis zur Mitte des letzten Jahrhunderts und sogar noch darüber hinaus befand sich das wichtigste Gewächshaus für Ideen auf dieser Seite des Atlantik jenseits der Brücken über den Potomac. Die Krämer und Theologen in Neuengland haben nie eine wirkliche Zivilisation entwickelt; alles, was sie zustande gebracht haben, ist ein Staat. Die Neuengländer waren, wenn es hoch kommt, schäbige und windige Burschen mit klobigen Manieren und bar jeder Phantasie; man sucht in der Literatur jener Zeit vergebens nach einem einzigen bemerkenswerten Gentleman-Yankee (ebensogut könnte man nach einem Gentleman in Wales suchen).

Aber im Süden gab es Männer von subtiler Phantasie, urbanem Instinkt und aristokratischen Manieren, kurz: überlegene Männer, Aristokraten. Politik betrieben sie – es war ihre wichtigste Freizeitbeschäftigung – mit Witz und Originalität. Fast alle politischen Theorien, die wir noch heute schätzen und unter denen wir heute noch leiden, haben im Süden das Licht der Welt erblickt. Hier ist der krude Neuengland-Dogmatismus verfeinert und humanisiert worden. Und im Süden ist schließlich auch die Lebenskunst gepflegt worden: Leben galt hier mehr denn als bloß eine Last, es wurde zu einer hinreißenden Erfahrung stilisiert. Das südliche Denken besaß eine auffällige Weiträumigkeit. In der Konföderation wußte man noch, was Muße ist. Ihre Mitglieder liebten das Spiel mit Ideen. Sie waren gastfreundlich und tolerant. Sie besaßen jenes undeutliche Etwas, das wir Kultur nennen.

Man sehe sich nun aber den heutigen Zustand dieser Region an. Man bekommt auf der Stelle Magenkrämpfe. Es ist, als ob der Bürgerkrieg auch den letzten Fackelträger der alten Zeit dahingerafft und nur eine Horde von Bauernlümmeln übriggelassen hätte. Vergleiche drängen sich auf mit Kleinasien, das jetzt Armeniern, Griechen und Wildschweinen gehört, oder mit einem den Polen überlassenen Polen. In diesem gargantuesken Paradies der Viertklassigkeit gibt es nicht ein Museum, dessen Besuch sich lohnte, nicht ein Orchester, das in der Lage wäre, alle neun Beethoven-Symphonien zu spielen, nicht ein einziges Opernhaus oder ein Theater mit vernünftigem Spielplan, nicht ein einziges sehenswertes öffentliches Denkmal, nicht eine Werkstatt, die sich der Herstellung schöner Gegenstände widmete. Mit Ausnahme von James Branch Cabell[1] (einem matten Überlebenden des *ancien regime*, einer scharlachroten Libelle in dunklem Bernstein) gibt es nicht einen einzigen Prosaautor in den Südstaaten, der wirklich schreiben kann. Wenn man nach Kritikern, Komponisten, Malern, Bildhauern oder Architekten Ausschau hält, wird man die Suche bald abbrechen müssen, denn es gibt nicht einmal miserable Vertreter dieser Zünfte zwischen den schlammigen Ufern des Potomac und dem Golf von Mexiko. Keine Historiker. Keine Philosophen. Keine Theologen. Keine Naturwissenschaftler. Auf allen diesen Gebieten ist der Süden eine schreckliche Wüste – vergleichbar mit Portugal, Serbien und Albanien.

Man denke nur an den gegenwärtigen unwürdigen Zustand von Virginia. Früher war dies unbezweifelbar der erste amerikanische Staat; Virginia war die Mutter der Präsidenten und Staatsmänner, die Heimat der ersten amerikanischen Universität, die diese Bezeichnung verdiente, der *arbiter elegantiarum* der westlichen Welt. Und das Virginia von heute? Schon seit Jahren hat dieser Staat keinen Mann vom Range eines Cabell mehr hervorgebracht, seit Jahrzehnten ist keine erwähnenswerte Idee mehr aus Virginia gekommen. Die alte Aristokratie hat der Krieg dahingerafft, und jetzt sitzt der verarmte weiße Pöbel fest im Sattel. Politik in Virginia ist heute billig, töricht, provinziell, dämlich; es gibt kaum einen Amtsträger, der mehr wäre als nur ein professioneller Karrierist. Die herrschende politische Doktrin setzt sich zusammen aus drittklassigen Imitationen von Sumpfblüten aus dem Mittelwesten: Bryanismus[2], Prohibition und

1 James Branch Cabell (1879-1958), Verfasser antirealistischer, allegorischer Romane.

2 William Jennings Bryan (1860-1925), politischer Agitator und religiöser Fanatiker, Außenminister unter Präsident Woodrow Wilson.

ähnliches unappetitliches Zeug. Die Einhaltung der Gesetze obliegt Professoren des Puritanismus und der Spionage – ein Washington oder ein Jefferson, die durch irgendeine überirdische Intervention in den Süden gerieten, würden dort als Spitzbuben verleumdet und ohne Umstände ins Gefängnis geworfen.

Eleganz, Esprit, Kultur? Virginia hat keine Kunst, keine Literatur, keine Philosophie, keine eigenen geistigen Interessen. Das Erziehungswesen in diesem Staat ist auf das Niveau von Baptistenseminaren heruntergekommen; seine Universitäten haben in einem Vierteljahrhundert keinen einzigen nennenswerten Beitrag zum menschlichen Wissen geleistet. Virginias Ausgaben für die Schulen des Landes belaufen sich auf weniger als die Hälfte des entsprechenden Budgets in den Nordstaaten. Kurz: dies ist eine intellektuelle Wüste Gobi, dies ist Lappland. Urbanität, Politesse, Ritterlichkeit? Großer Gott! Es war in Virginia, wo man die Methode ersann, nach geschmuggeltem Whisky in Damenunterwäsche zu suchen... Gewiß, an der Spitze der sozialen Pyramide gibt es noch einen Rest von alter Aristokratie, melancholisch und unendlich charmant, aber diese Aristokratie hat ihren Führungsanspruch inzwischen ganz an monströse Fabelwesen aus den tiefsten Tiefen der Gesellschaft verloren, sie ist untergegangen in einer Industriellen-Plutokratie, die ebenso borniert wie heimtückisch ist. Der Geist dieses Staates, wie er sich der Nation präsentiert, ist unsäglich naiv und beschränkt. Er reagiert auf große Probleme schon längst nicht mehr mit Kraft und Beweglichkeit, sondern ist auf die Stufe bombastischer Trivialitäten wie Lagerfeuer-Versammlungen

Verklagte den die Evolutionslehre vertretenden Biologielehrer Scopes. Mencken schrieb über den Scopes-Prozeß (1925) eine Serie glänzender Artikel.

und Wahlkampfmeetings herabgesunken. Man kann sich heute einen Lee[3] oder Washington ebenso wenig in Virginia vorstellen wie einen Huxley[4] in Nicaragua.

Ich habe das alte Dominion[5] gewählt – nicht etwa, weil ich es verachte, sondern im Gegenteil: weil ich es hochschätze.

Virginia ist mit Abstand der zivilisierteste aller Südstaaten, heute genau wie damals. Virginia hat eine bedeutende Zahl tüchtiger Männer gen Norden geschickt – der Strom ist bis zum heutigen Tage nicht abgerissen. Noch die fragwürdigsten unter den Söhnen Virginias können die Spuren einer großen Tradition nicht verleugnen. Sie halten sich für etwas Besseres als die anderen Südstaatler, und das mit Recht. Wendet man sich nämlich einem Gebilde wie Georgia zu, trübt sich sogleich das Bild. Dort haben die befreiten Weißen der Unterschicht die schlimmsten Unsitten der Yankees übernommen und auf eine Kultur übertragen, die sich im Grunde kaum noch von der Barbarei unterscheidet.

Georgia ist gleichzeitig die Heimat des Baumwollpullovers, des zum Savonarola verwilderten Methodistenpfarrers und der Killer-Biene. Jeder Europäer mit einem Rest von Selbstachtung, der sich dort niederließe, würde nicht nur sofort das völlige Fehlen jeglicher intellektuellen Anregungen bemerken – es würde ihm vorkommen, als lebte er auf dem Balkan oder an der chinesischen

3 Die traditionsreiche Familie Lee in Virginia geht auf den aus England eingewanderten Tabakpflanzer Richard Lee (1613-1664) zurück.

4 Die englische Familie Huxley (aus der berühmte Naturwissenchaftler und Literaten hervorgegangen sind) steht hier für insular Britisches.

5 Virginia war die erste englische Kronkolonie; sie blieb bis 1660 praktisch unabhängig und wurde deshalb Dominion, d. h. sich selbst regierendes Land des Commonwealth, genannt.

Küste. Georgia ist ein Staat, der flächenmäßig mindestens halb so groß ist wie Italien und in dem mehr Menschen leben als in Dänemark oder Norwegen, und doch ist aus diesem Staat in dreißig Jahren nicht eine einzige nennenswerte Idee gekommen. Vor vielen Jahren gab es einmal einen Georgianer, der ein paar Bücher veröffentlichte, die Aufsehen erregten. Aber sehr bald stellte sich heraus, daß er lediglich das Werkzeug der schwarzen Bewohner von Georgia war, d. h., daß seine Bücher nicht die Produkte des weißen, sondern des schwarzen Georgia waren. Als er später als Weißer zu schreiben begann, versank er rasch in Drittklassigkeit. Er ist nicht nur das Ruhmesblatt der Literatur von Georgia – er ist, im wörtlichen Sinn, die ganze Literatur von Georgia – nein, er verkörpert sogar die gesamte Kunst von Georgia.

Virginia ist das Beste am Süden von heute, Georgia wahrscheinlich das Schlechteste. Das eine ist bloß senil, das andere grob, vulgär und sperrig. Dazwischen liegt eine graue Zone aus Mittelmaß, Stumpfsinn, Lahmheit und Stille. Natürlich ist auch der Norden ungeschlacht und verroht. Auf seine Art ist auch er stupide und störrisch. Aber nirgends im Norden gibt es eine solche Sterilität, einen derart deprimierenden Mangel an Zivilisiertheit und intellektueller Neugier. Es wäre ein leichtes, zwischen Ohio und dem Pazifik eine Reihe von zweitklassigen Städten aufzuzählen, die sich immerhin die Mühe geben, ein Orchester auf die Beine zu stellen, ein kleines Theater zu gründen, eine Galerie zu eröffnen oder irgendwie sonst in Kontakt mit der Zivilisation zu bleiben. Oft scheitern diese Versuche, und häufig ist ihnen ein eher absurder Erfolg beschieden, aber dahinter steht in der Regel ein Impuls, der Respekt verdient, nämlich der Impuls, nach Schönheit zu suchen, mit Ideen zu experimentieren und auf diese Weise dem Alltagsleben eine gewisse Würde und einen Sinn zu geben. Einen derartigen Impuls wird man im Süden vergeblich suchen. Dort gibt es keine Komitees, die Abonnements für Sinfonieorchester auflegen, und wenn dort jemals ein Streichquartett gespielt haben sollte, dann ist sein Ruf nicht weit gedrungen; eine Operntruppe, die dort gastiert, wird wie ein Wunder bestaunt. Die Gründungswelle kleiner Theater hat mittlerweile das ganze Land erfaßt und erheblich dazu beigetragen, das öffentliche Interesse an guten Stücken zu wecken, was jungen Dramatikern eine Chance gibt und das kommerzielle Theater zu Reformen zwingt. Überall gehen die Wogen hoch – nur an den Ufern des Potomac brechen sie sich an felsigem Gestade. Jenseits dieser Ufer gibt es keine kleinen Theater. Es gibt dort keine Gemäldegalerien. Kein Künstler veranstaltet jemals eine Ausstellung seiner Werke. Niemand spricht über künstlerische Themen, niemand scheint an intellektuellen Dingen auch nur interessiert.

Was die Gründe für diese allgemeinen Lähmungserscheinungen und Grobschlächtigkeiten angeht, diese merkwürdige und fast pathologische Entfremdung von allem, was Zivilisation und Kultur ausmacht, so habe ich bereits einige genannt und werde jetzt noch einmal darauf zurückkommen. Der Süden ist schlicht und einfach ausgeblutet. Der gewaltige Kräfteverlust des Bürgerkrieges hat die alte Aristokratie auf die Hälfte dezimiert und gelähmt, und er hat das Land auf Gedeih und Verderb jenen armen Weißen überlassen, die jetzt seine Herren sind. Natürlich war der Krieg nicht zu hundert Prozent ein Massaker. Er hat eine stattliche Anzahl hervorragender Südstaatler übriggelassen, darunter vielleicht sogar einige der besten überhaupt. Schließlich haben andere Länder, namentlich Frankreich und Deutschland, noch schlimmere Metzeleien überstanden und danach sogar deutliche Zeichen des Fortschritts zu erkennen gegeben. Aber der Krieg hat nicht nur viele wertvolle Menschenleben gekostet – er hatte auch Bankrott, Demoralisierung und Verzweiflung im Gefolge, und deshalb verließen die meisten erstrangigen Südstaatler, die noch übriggeblieben waren, geistig gebrochen und außerstande, unter den neuen Verhältnissen zu leben, ihre Heimat. Einige gingen nach Südamerika, andere nach Ägypten oder in den Fernen Osten. Die meisten zog es in den Norden. Sie waren fruchtbar, ihre Nachkommenschaft ist weit verstreut – sehr zum Vorteil der Nordstaaten. Ein Südstaatler aus guter Familie bringt es im Norden fast immer weit. Sogar in den großen Städten findet er eine Umgebung, die für einen Menschen von robuster Konstitution geeignet ist. Seine besonderen Talente sind von einem hohen gesellschaftlichen Wert, und sie werden allgemein geschätzt. Er wird von der Kabeljau-Aristokratie widerspruchslos als überlegen anerkannt, wo er im Süden resigniert hätte. Es ist ihm ganz unmöglich, sich auf die Ebene des Pöbels herabzubegeben; in der Politik kann er sich nicht mit den Enkeln der Pächter seiner Großväter anlegen. Er kann ihre fanatische Eifersucht auf die aufsteigenden Schwarzen nicht teilen, dieses Fundament ihrer öffentlichen Verlautbarungen. Er ist für ihren theologischen und politischen Enthusiasmus unempfänglich. Er fühlt sich wie ein Fremder bei ihren seelischen Ergüssen, und deshalb zieht er sich in seinen Elfenbeinturm zurück und schweigt.

Was dort unten bitter nötig ist, bevor überhaupt die verwirrenden grundsätzlichen Probleme der ganzen Region sinnvoll in Angriff genommen werden können, ist eine statistische Erfassung der Bevölkerung durch kompetente Ethnologen und Anthropologen. Im Norden sind die Einwanderer bereits ausführlich untersucht worden, und jeder, der sich dafür interessiert, kann sich an das Ethnologische Amt wenden; er wird dort detaillierte Angaben erhalten, was die rassischen Merkmale angeht, Körpergröße, Gehirn, Erziehbarkeit, sowie über die Veränderungen, die der Einfluß amerikanischer *Kultur* bewirkt hat. Aber die ältere Bevölkerung des Südens, und hier besonders der befreite, herrschende weiße Pöbel, ist noch nie wissenschaftlich untersucht worden, und so sind die meisten der gängigen Klischees über diese Leute wahrscheinlich falsch, wie zum Beispiel die Verallgemeinerung, daß sie rein angelsächsischen Ursprungs sind. Ich bezweifle das stark. Der stärkste Bevölkerungsanteil dort unten ist, so glaube ich, eher keltisch als angelsächsisch, besonders im Bergland. Auch ein französischer Einschlag läßt sich hier und dort erkennen, desgleichen spanische und deutsche Elemente. Die letztgenannten kamen aus dem Norden, über die Kalksteinberge östlich der Alleghenies. Außerdem ist es sehr wahrscheinlich, daß in einigen Gegenden des Südens die weißen Proleten eine erhebliche Beimischung von Negerblut haben. Mischehen in Konkubinatsform haben schon früh zu sehr hellen Abkömmlingen geführt, und eine große Zahl dieser Leute hat sich durch einfachen Wohnsitzwechsel der weißen Bevölkerung angeschlossen. Vor kurzem las ich einen merkwürdigen Artikel, der von einem intelligenten Neger stammte und in dem es hieß, daß es für einen hellhäutigen Negers kein Problem ist, sich im Süden als Weißer auszugeben, weil ohnehin sehr viele Südstaatler, die als Weiße gelten, negroide Züge haben. So wird es zum Beispiel für einen Eisenbahnschaffner oder einen Hotelbesitzer äußerst diffizil und riskant, einen Verdächtigen genau zu beschreiben. Das keltische Element ist sehr viel deutlicher zu erkennen als alle anderen.

Es macht sich nicht nur in körperlichen Merkmalen wie Magerkeit und dunklerer Hautfarbe bemerkbar, sondern auch in psychischen Eigenschaften. So ist zum Beispiel das religiöse Empfinden in den Südstaaten fast identisch mit den religiösen Vorstellungen der Waliser. Hier wie dort gibt es den gleichen naiven Glauben an einen anthropomorphen Schöpfer, der sich in Art und Anspruch nur wenig von dem eines evangelikalen Bischofs unterscheidet; die gleiche Unterwerfung unter eine ignorante und schamlose Priestertyrannei, den gleichen krassen Gegensatz zwischen doktrinärer Orthodoxie und Privatmoral.

In den Adern der armen Weißen des Südens (die heute längst nicht mehr arm sind) fließt wahrscheinlich das übelste westeuropäische Blut, das man sich vorstellen kann. Jeder ehrliche Historiker wird zugeben, daß ihre Erbanlagen überaus negativ waren. Sonntagsschule und Chautauqua[6] haben natürlich einen positiven Effekt auf die Nachkommen dieser ›Wilden‹ gehabt, wirtschaftlicher Aufstieg in Verein mit politischer Macht taten ein übriges, aber die Schlacken der Herkunft sind noch auffällig und unangenehm zu erkennen. In größeren Abständen bringen diese Leute eine politische Führergestalt hervor, die ihre geheimen Vorstellungen vom Guten und Schönen auf den Begriff bringt – zum Erstaunen und Entsetzen des ganzen Landes. Dieses Erstaunen verwandelt sich in schiere Ungläubigkeit, wenn bekannt wird, daß ihm sein Programm dieses Amt verschafft hat und daß er tatsächlich im Begriff steht, es umzusetzen.

6 Volksbildung und Unterhaltung in Form von sommerlichen Vortrags- und Konzertreihen, meist in großen Zelten veranstaltet, zuerst am Lake Chautauqua im Staat New York.

In den großen Zeiten des Südens gab es eine scharfe Trennungslinie zwischen der Aristokratie und den armen Weißen – Mischehen waren so gut wie ausgeschlossen. In anderen durch derart strikte Klassentrennungen determinierten Gesellschaften ist es an der Tagesordnung, daß sich die untere Schicht durch Einheirat in die obere verbessert, d. h., die Oberschicht-Männer nehmen sich Mätressen aus der Unterschicht, woraus dann jene besonderen Plebejer enstpringen, die sich von ihresgleichen abzuheben wünschen und deshalb die Illusion schüren, daß alle anderen Plebejer das gleiche täten, wenn sie nur könnten – kurz, die Illusion, daß Klassenunterschiede lediglich Konventionen sind und ökonomische Ursachen haben, daß sie nicht angeboren und echt sind. Im Süden haben sich die Oberschicht-Männer ihre Mätressen immer unter den Schwarzen gesucht, und nach ein paar Generationen war in den schwarzen Frauen bereits soviel weißes Blut, daß sie erheblich attraktiver waren als die kränklichen und unansehnlichen Frauen der armen Weißen. Diese Praxis hat sich bis in die unmittelbare Gegenwart fortgesetzt. Eine Folge davon ist, daß die armen Weißen sozusagen von oben unbefruchtet blieben und so jene Chance der Auffrischung verpaßten, die sich in der Landbevölkerung anderer Länder beobachten läßt.

Es ist ein Gemeinplatz, daß fast alle Neger, die sich über den Durchschnitt erheben, Mischblut haben, gewöhnlich mit einem höheren Anteil von weißem Blut. Ich kenne sehr viele Neger, und es fiele mir schwer, eine Ausnahme von dieser Regel zu nennen. Was allzuoft vergessen wird, ist die Tatsache, daß dieses weiße Blut nicht das der armen Weißen ist, sondern das der alten Aristokraten. Die Mulattenmädchen der Kolonialzeit verachteten die armen Weißen als Kreaturen, die den

Negern unterlegen waren, und es kam für ein solches Mädchen nicht in Frage, sich mit einem Mann aus dieser niederen, unterdrückten Schicht einzulassen. Diese Abneigung beruhte auf einem gesunden Instinkt. Der südliche Mulatte von heute ist ein Beweis dafür. Wie alle anderen Mischlinge ist er ein unglücklicher Mensch, mit einer beunruhigenden Neigung zu unsozialer Denkweise; aber im Kern ist er immer noch ein besseres Tier als die reinblütigen Nachkommen der alten armen Weißen, und er versäumt keine Gelegenheit, das auch zu demonstrieren. Es ist kein Zufall, daß die Neger im Süden kulturell rascher Fortschritte machen als die Masse der weißen Bevölkerung, und es ist auch kein Zufall, daß die einzigen feststellbaren künstlerischen Aktivitäten von ihnen ausgehen. Kein südlicher Komponist hat je so gute Musik geschrieben wie jenes halbe Dutzend schwarzweißer Komponisten, deren Namen ich jederzeit nennen könnte. Sogar in der Politik beweisen die Neger eine eigenartige Überlegenheit. Trotz der Tatsache, daß seit zwei Generationen die Rassenfrage das beherrschende politische Thema der weißen Südstaatler gewesen ist (und alle anderen Themen in den Hintergrund gedrängt hat), haben diese Weißen nichts zu der Diskussion beigetragen, die den Rest der Welt in Gestalt von zwei oder drei Negerbüchern aus den Südstaaten so tief und nachhaltig beeindruckt hat.

Wenn man sich auf solche Themen einläßt, muß man damit rechnen, auf groteske Weise mißverstanden und beschimpft zu werden. Der Süden hat nicht nur seine alte Fähigkeit verloren, Ideen hervorzubringen – er hat sich auch ganz der schlimmsten Intoleranz, der Ignoranz und der Dummheit hingegeben. Seit einigen Jahrzehnten bestimmt dort die einheimische Geistlichkeit mit ihrem beschränkten Horizont das intellektuelle Klima. Jeder,

der vom orthodoxen Dogma dieser Leute abweicht, gilt als Schurke; alle, die dieses Dogma nüchtern diskutieren wollen, werden vorverurteilt und verdammt.

Es ist offensichtlich, daß in einer solchen Atmosphäre die Intelligenz nicht gedeihen kann. Gedankenfreiheit wird durch die bizarre Sturheit ignoranter Männer blokkiert.

Kunst gilt als verdächtig, ausgenommen in den Niederungen des Gospelsongs, der Grammophonmusik und der seichten politischen Satire. Der Ton der öffentlichen Diskussion wird von einer Schicht von Emporkömmlingen bestimmt, deren Aufstieg aus dem Industrieproletariat in die Geschäftswelt noch nicht lange zurückliegt – es handelt sich hier um windige Geschäftsleute, smarte Typen, Aufsteiger aus der Welt der Clubs, skrupellose Manager, »vorausschauend« und mit der richtigen Ideologie versehen – kurz, um drittklassige Südstaatler, die von den schlimmsten Untugenden der Yankees verseucht sind. Man kann hier die merkwürdigen Wirkungen beobachten, die eine alte Tradition der Grobheit auf eine Bevölkerung gehabt hat, die jetzt nur noch gierig und schamlos ist, eine alte Tradition der Ritterlichkeit auf eine Bevölkerung, die jetzt ohne alle Phantasie ist. Die alte Gelassenheit ist dahin. Die alte Romantik ist verschwunden. Die Philisterhaftigkeit des neuen Typus von städtischen Südstaatlern schert sich nicht nur einen Dreck um die Ideale des alten Südens, sie steht ihnen geradezu feindselig gegenüber. Dieses Philistertum betrachtet das menschliche Leben nicht als ein angenehmes Abenteuer, sondern als einen Wettkampf in Selbstgerechtigkeit und Effizienz. Es ist ganz und gar utilitaristisch und moralisch. Es ist unvorstellbar hohl und widerwärtig. Was von der alten Tradition übriggeblieben ist, sind nur noch ein paar charmante private Umgangsformen, die allerdings oft schon von puritanischem Fanatismus überlagert werden, aber trotzdem noch erkennbar sind. Selbst in seiner übelsten Ausprägung ist der Südstaatler kein sauertöpfischer Klotz wie der Yankee. Von seiner Reizbarkeit läßt er sich gelegentlich zu schlechten Manieren hinreißen, aber im allgemeinen ist er ein akzeptabler Bursche: gastfreundlich, höflich, guter Dinge, fast jovial ... aber ein bißchen absurd ... ein bißchen erbärmlich.

1917/1920

Historiker

Es ist ein Unglück für die Menschheit, daß ihre Geschichtsbücher vorwiegend von drittklassigen Männern geschrieben werden. Der erstrangige Mensch verspürt nur selten den Drang, etwas für die Nachwelt aufzuzeichnen und zu philosophieren – ihn drängt es zur Tat. Das Leben ist für ihn ein Abenteuer, nicht ein Syllogismus oder eine Autopsie. Deshalb bleibt die Geschichtsschreibung meistens Professoren überlassen oder Moralisten, Theoretikern und anderen Dummköpfen. Nur wenige Historiker, bedeutende oder unbedeutende, hatten eine Ahnung von den Dingen, die zu beschreiben und zu interpretieren sie vorgeben. Gibbon war ein miserabler Unterhausabgeordneter. Thukydides vermasselte die ihm anvertraute Flottenoperation derart, daß die Athener ihn zwanzig Jahre in die Verbannung schickten und er am Ende ermordet wurde. Flavius Josephus, der Gouverneur von Galiläa, war schuld daran, daß die ganze Provinz für die Römer verlorenging – er selbst kam gerade noch mit dem Leben davon. Mommsen, in den preußischen Landtag gewählt, wurde dort zur Schießbudenfigur für die Sozialisten.

Wieviel besser verstünden wir doch Wesen und Gewohnheiten der Menschen, wenn es mehr Historiker vom Schlage eines Julius Cäsar gegeben hätte, oder sogar eines Niccolò Machiavelli! Sieht man sich die knappen und bissigen Skizzen an, die Bismarck und Friedrich der Große hinterlassen haben, ahnt man, wie hinreißend ihre Geschichtsdarstellungen ausgefallen wären. Solche Männer kennen die Fakten; der normale Historiker ist auf Herleitungen, Gerüchte und Vermutungen angewiesen.

Männer der Tat wissen, wie man die Wahrheit sagt, so unangenehm sie auch sei; die puerile moralische Penetranz, die den Professor kennzeichnet, geht ihnen gänzlich ab...

Aber wie selten schreiben Männer der Tat Geschichtsbücher!

1918

Neuengland

Die orthodoxe amerikanische Geschichtsschreibung hält es für erwiesen, daß Hexenverbrennungen und Kinderverurteilungen in Neuengland bis zu den Unabhängigkeitskriegen durchaus an der Tagesordnung waren. Dabei sind diese Praktiken dort von Anfang an auf erbitterten Widerstand gestoßen. Die Häfen an der Ostküste füllten sich allmählich mit Matrosen, die alles andere als fromme Christen waren, und selbst im Hinterland gab es Ketzer, wie die ständigen Aktionen gegen sie beweisen. Die Tatsache, daß in den Städten nur die Puritaner das Stimmrecht besaßen, hat die Historiker in die Irre geführt – sie halten die zeitgenössischen Gesetze für den Maßstab dessen, was in jener Zeit tatsächlich gesagt und getan wurde. Aus unseren eigenen Tagen wissen wir, daß es leicht zu diesem Irrtum kommen kann; wenn er jedoch von Historikern begangen wird, die sich mit der Geschichte Neuenglands befassen, dann enstehen daraus absurde Konsequenzen.

Tatsache ist, daß die Zivilisation, die sich in dieser Region entwickelte, den Puritanern im Grunde nur wenig verdankte – sie ist vielmehr das Werk einheimischer oder importierter Antipuritaner. Sogar das legendäre Erziehungssystem von Neuengland verdankte seinen Ruhm Leuten, die man heute als Kriminelle bezeichnen würde. Die Puritaner haben ihre Hochschulen nicht gegründet, um das wissenschaftliche Denken zu fördern – sie gründeten sie allein als Pflanzschulen der Rechtgläubigkeit. Außer der Vermittlung religiösen Grundwissens wurde dort nichts betrieben, was von irgendeinem weltlichen Gebrauchswert gewesen wäre. Ausschließliches Hauptfach war die Theologie – eine Theologie, wie man sie sich grotesker und verschrobener kaum vorstellen kann. Erziehung im eigentlichen Sinne des Wortes begann in Neuengland erst, als sich die erstarkende Minorität von Antipuritanern (die am Ende zur Majorität wurde) gegen diese Art von Theologie auflehnte und sie abzuschaffen begann. Die Revolte machte sich zuerst in Harvard bemerkbar; dort verwandelte sie ein Seminar zur Ausbildung von puritanischen Geistlichen in eine Einrichtung, die allmählich Ähnlichkeit mit einer Universität anzunehmen begann. Harvard befreite Neuengland, und es ermöglichte den Einzug der Zivilisation in dieser Region. Alle Männer, die in jenen Tagen Aushängeschilder dieser blühenden Zivilisation waren – Emerson, Hawthorne und viele andere – waren im Grunde Antipuritaner.

Heute ist Neuengland, mit Ausnahme einiger abgelegener Dörfer, nicht puritanischer als beispielsweise Maryland oder Missouri. Es gibt in der ganzen Region kaum einen protestantischen Geistlichen, der, wenn die Cotton Mathers[1] je zurückkehren sollten, von ihnen nicht sogleich als Ketzer, ja sogar als Atheist verdammt würde. Die derzeit dominierende Theologie ist milde, skeptisch und ganz und gar leidenschaftslos. Der evangelikale Geist ist spurlos verschwunden. Abgesehen von

1 Cotton Mather (1663-1728), theologischer Schriftsteller, der in einer Vielzahl von Publikationen ein umfassendes Bild der puritanischen Kultur in Amerika gab.

einer kleinen Zahl atavistischer Fanatiker herrscht jetzt eine Toleranz, die von Gleichgültigkeit kaum noch zu unterscheiden ist. Katholizismus und Christian Science werden gleichermaßen wohlwollend geduldet. Die alte Leidenschaftlichkeit ist ganz dahin. Man findet sie in Amerika heute nur noch in abgelegenen Orten – in den methodistischen Prärien des Mittleren Westens, im baptistischen Hinterland des Südens. Dort, so vermute ich, hat sich die alte Vitalität noch erhalten. Dort überlebt der Puritanismus, nicht nur als eine Richtung der Theologie, sondern als Lebensform. Er wirkt sich auf jede menschliche Aktivität aus, ist spürbar in der Politik, und selbst die Wissenschaft wird von ihm beeinflußt. Einem Harvard-Professor von heute Agnostizismus vorwerfen hieße soviel wie ihn beschuldigen, er spiele Cello. Seinem Kollegen in Kansas jedoch würde bei dem gleichen Vorwurf der Schweiß auf die Stirn treten, und sein texanischer Kollege würde von heute auf morgen die Stadt verlassen.

1926

Die Griechen

Die Griechen aus der paradiesischen Vorzeit sind mit Abstand das überschätzteste Volk der Geschichte. Seit der Renaissance gilt es als Verstoß gegen die guten Sitten, ihre Genialität zu bezweifeln, und es geht kein Monat ins Land, in dem nicht ein neues Buch erscheint, das sie in den höchsten Tönen preist. Angeblich gab es im Athen des Perikles mehr erstklassige Männer als in jeder anderen Stadt, ja sogar in jedem anderen Land. Mehr noch: man erklärt uns, die alten Griechen seien bis zum heutigen Tage unübertroffen, qualitativ ebenso wie quantitativ. Die griechische Wissenschaft wird als die Mutter der modernen Wissenschaft dargestellt, griechische Kunst als die Ur-Kunst schlechthin, griechische Philosophie als das letzte Wort in Sachen Rationalität, und die griechische Regierungsform zur Zeit des Perikles als die Demokratie in Vollendung. Alles das ist leider Humbug. Die schlichte Wahrheit ist, daß sich die griechische Wissenschaft, selbst in ihren besten Leistungen, kaum von der Wissenschaft unterscheidet, wie sie bei den Hottentotten, Haitianern und den Mississippi-Baptisten von heute betrieben wird; daß die griechische Kunst überwiegend epigonal war; daß die griechische Philosophie ebenso närrisch wie jede andere Philosophie war und daß die griechische Staatsform, selbst in ihrer besten Ausprägung, schlimmer war als die schlimmsten Zustände in Tammany[1]. In dem hier zu besprechenden dicken Buch (The Cambridge Ancient History, Cambridge 1927) findet man dafür eine Fülle von Belegen. Es ist verfaßt von Gelehrten mit den üblichen Vorurteilen zugunsten alles Griechischen – und dennoch kommt hier die Wahrheit ans Licht, wenn auch nur zwischen den Zeilen. Der Beweis wird nämlich geführt, daß die maßgeblichen griechischen Philosophen der perikleischen Zeit nahezu identisch waren mit den Chautauqua-Rednern[2] im bukolischen Amerika und daß die aufgeklärteren Griechen ihre Philosophen als ein öffentliches Ärgernis betrachteten. Bewiesen wird auch, daß die Schönheit für die Griechen nichts Alltägliches war, sondern ein rarer Luxus und etwas, das es zur Schau zu stellen galt. Bewiesen wird weiterhin, daß das griechische Staatswesen schurkisch und inkompetent war, daß es sich ständig auf

1 Volkstümliche Bezeichnung für die Organisationsstruktur der Demokratischen Partei in New York (Tammany Hall war der Versammlungsort der patriotischen Tammany Society).

2 Vgl. Anm. 9 auf S. 107

fragwürdige außenpolitische Abenteuer einließ und im Inland häufig so korrupt und repressiv wurde, daß die anständigen Bürger von Athen einen Aufstand anzetteln und Reformen durchführen mußten. Und schließlich wird der Beweis geführt, daß die meisten wirklich intelligenten Griechen aus dem Ausland kamen und daß die wenigen Einheimischen, die ein gewisses Maß an Vernunft besaßen (wie z. B. Aristophanes) in der Regel außer Landes gejagt wurden.

Das Griechische war die erste tote Sprache, die in der Neuzeit wiederbelebt wurde, und die Forscher, denen diese Wiederbelebung gelang, schlachteten die Ideen, die in dieser Sprache ausgedrückt waren, nach besten Kräften aus. Von der Renaissance bis zum heutigen Tage gilt es als ein Zeichen intellektueller Distinktion, Griechisch zu können, obwohl es keine zuverlässigen Berichte darüber gibt, daß die Kenntnis des Griechischen jemals irgendeinem Menschen profitable Gedanken eingegeben hat. Die intellektuelle Auszeichnung hat in letzter Zeit an Glanz verloren, aber es gab tatsächlich eine Zeit, noch bevor der gegenwärtige gewaltige Wissenszuwachs einsetzte, in der Griechischkenntnise alle anderen Formen intellektueller Leistung weit überragten, und in jener Zeit entwickelte sich auch jenes übertriebene Bild von Griechenland und den Griechen, das noch heute existiert. Soweit es nicht reine Sentimentalität ist, beruht dieses Bild auf der Dürftigkeit unserer Kenntnisse über andere Völker, die zur gleichen Zeit wie die Griechen oder noch vor ihnen gelebt haben. Besäßen wir genauere Informationen über die griechische Philosophie, so würde sie sich wahrscheinlich als Imitation irgendeiner früheren Philosophie herausstellen, die jetzt in Vergessenheit geraten ist (und möglicherweise von ihren Erfindern als unsinnig verworfen wurde). Auf dem Gebiet der

Architektur und in den anderen Künsten ist es ganz sicher absurd zu behaupten, die Griechen hätten irgend etwas Originelles erfunden. Die Säule haben sie zum Beispiel von den Ägyptern übernommen, die sie schon tausend Jahre vor dem Parthenon zur Vollendung gebracht hatten, und auch in der Vernachlässigung des Bogens sind die Griechen sklavisch den Ägyptern gefolgt. Ihre hervorragenden Baumaterialien haben sie ohne eigenes Zutun vorgefunden, und bei der Bearbeitung dieses Materials haben sie wenig Einfallsreichtum bewiesen. War das griechische Drama wirklich ein heimisches Gewächs? Ich glaube das erst, wenn man den Beweis dafür geliefert haben wird, daß das Sanskrit-Drama ebenfalls ein Eigengewächs war und nicht eine Nachahmung persischer oder assyrischer Muster. Waren die Griechen Naturwissenschaftler? Wenn ja, dann sind es unsere heutigen Heilpraktiker auch. Was sie an exaktem Wissen besaßen, war meistens von anderen übernommen und wurde ohnehin im Verlauf der Übernahme verfälscht. Und die griechische Religion? Das Beste, was man über sie sagen kann, ist, daß keiner der gescheiten Ausländer, die sich in Athen aufhielten, je daran glaubte und daß viele von ihnen, die sich über diese Religion lustig machten, in die Verbannung, ins Gefängnis oder gar ins Jenseits befördert wurden. Was schließlich die politische Begabung der Griechen angeht, so zeigt sich ihr Ausmaß an der Tatsache, daß sich keine griechische Regierungsform länger als hundert Jahre an der Macht hielt und daß die meisten in Skandalen und Katastrophen endeten. Ich will hier aber die Griechen nicht in Bausch und Bogen verdammen. Für ihre Zeit waren sie ein unternehmungslustiges und fortschrittliches Volk, das uns ein reiches Erbe hinterlassen hat: an klugen Gedanken ebenso wie an amüsanten Irrtümern. Den Ägyptern verdanken wir vermutlich mehr, wie wir auch den kleineren Völkern rund ums Mittelmeer sehr viel verdanken: den Phöniziern, den frühen Minoern, den Juden, den Vorfahren der Araber. Der überragende Beitrag der Griechen zum menschlichen Fortschritt liegt in ihrem Versuch, eine Synthese des zu ihrer Zeit in der Welt vorhandenen Wissens herzustellen: das ist ihnen glänzend gelungen. 1927

Wohl dem, der hat

Wahrscheinlich ist das wertvollste aller menschlichen Besitztümer, abgesehen von einem selbstsicheren, überlegenen Auftreten, der Ruf, wohlhabend zu sein. Nichts erleichtert auf ähnlich verblüffende Weise den Weg durchs Leben. 90 Prozent aller Menschen – und 99% aller Marxisten, die das Geld über alle Maßen verehren, unablässig daran denken und danach gieren – haben den unwiderstehlichen Drang, sich vor dem Reichtum tief zu verbeugen, sich der Macht auszuliefern, die das Geld ihm verleiht, und denjenigen eine natürliche Überlegenheit zuzugestehen, die viel Geld haben oder doch in dem Ruf stehen, es zu haben. Gewiß, der Neid ist eine Eigenschaft des Feiglings, aber in diesem Fall hat der Neid nichts Bedrohliches mehr: der unterlegene Mensch fürchtet sich im Grunde davor, dem Reichen Böses zu tun; er hat sogar Angst, Schlechtes von ihm zu denken, d. h. auf schroffe, beleidigende Weise über ihn zu sprechen. Was den instinktiven Haß des Unterlegenen auf den Überlegenen zügelt, ist, so vermute ich, die heimliche Hoffnung, daß er sich durch Höflichkeit vielleicht ein Anrecht auf einen Teil des Reichtums erwirbt, daß es sich auszahlen könnte, zu streicheln, statt zu schlagen.

Auf psychologisch merkwürdige Weise entsteht bei den Wohlhabenden ihre große Liebenswürdigkeit. Es braucht sich nur das Gerücht zu verbreiten, daß jemand erfolgreich an der Börse spekuliert, eine ahnungslose Witwe um ihr Erbteil betrogen oder die Regierung in einem pseudopatriotischen Geschäft übers Ohr gehauen hat – sofort wird der Eindruck entstehen, daß die Schäbigkeit des Erfolgreichen im Grunde ein Ausdruck seiner charmanten Exzentrik ist, daß sein Urteil über Weine überaus hörenswert und seine politischen Halluzinationen höchst beachtlich sind. Wer als arm gilt, wird von niemandem um seine Meinung gefragt. Niemand will ihm zuhören. Man schert sich einen Dreck darum, was er denkt, weiß oder fühlt. Das Bedürfnis, seinen Rat einzuholen, ist nicht vorhanden. Ich habe diese Erfahrung früh im Leben gemacht und bis zum heutigen Tag davon profitiert. Ich habe sehr viel mehr über Männer (und Frauen) erfahren, weil mir nachgesagt wird, ich sei ein einigermaßen betuchter Bursche, als ich erfahren hätte, wenn ich nett zu den Menschen gewesen wäre, sie mit meinem Intellekt beeindruckt hätte oder mit schierem Fleiß, oder mit unvergleichlicher, unbeschreiblicher Schönheit.

1920

Eine persönliche Bemerkung

Der leichteste Job, mit dem ich mich auf dieser Welt jemals abgegeben habe, ist der des Geldverdienens. Dieser Job ist fast so einfach wie der des Geldverlierens – fast, nicht ganz.

1922

›Travail‹

Es macht mich jedesmal traurig, wenn ich Schuljungen auf dem Weg zur Schule beobachte. Von halb neun bis neun Uhr torkeln sie über den Platz vor meinem Haus in Baltimore, mit den schicksalsergebenen Gesichtern von New Yorkern, die aus den Fähren an Land steigen und zur Arbeit gehen. Zufällig geht der Schulweg hier bergan, aber ich glaube, sie würden genauso zögern, wenn es bergab ginge. (Shakespeare äußert sich in diesem Sinne, wenn er von den ›seven ages‹ spricht.)[1] Nachmittags, auf dem Heimweg, springen und hüpfen sie wie die Gazellen. Sie sind müde, aber glücklich, und bei jungen Menschen nimmt das Glück immer die Form von heftigen, anhaltenden Muskelkontraktionen an, in den Beinen, Armen und in der Halsgegend.

Die Überzeugung, daß Schuljungen in der Regel mit ihrem Schicksal zufrieden sind, scheint mir ein trauriger Irrtum zu sein. Die meisten von ihnen ertragen ihr Los gerade so, aber sie empfinden diese Zeit wie der Soldat das Leben im Schützengraben. Die Notwendigkeit des Durchhaltens macht Schauspieler aus ihnen; sie lernen lügen – vielleicht das Wichtigste, was sie als Christenmenschen in der Schule lernen. Kein Schuljunge liebt und bewundert seine Lehrerin; allenfalls erträgt er sie, wenn er halbwegs normal ist, wie er Lebertran erträgt. Sie mag die reizendste Blume im pädagogischen Garten sein –

1 W. Shakespeare, Wie es euch gefällt, II, 7: »... ein Mensch spielt in seinem Leben viele Rollen, seine Akte sind die sieben Altersstufen. Zuerst das Kleinkind, das in den Armen der Amme quäkt und kotzt, dann der quengelnde Schuljunge mit seiner Mappe und seinem glänzenden Morgengesicht, der wie eine Schnecke widerwillig zur Schule kriecht...«

was er allenfalls in ihr zu sehen vermag, ist eine Gefängniswärterin von der halbwegs erträglichen Sorte.

Ich glaube, die Schulzeit ist die unglücklichste Zeit im Leben eines Menschen. Sie ist vollgestopft mit stumpfsinnigen, unverständlichen Aufgaben, neuen und unangenehmen Anweisungen, groben Verstößen gegen den gesunden Menschenverstand und das elementare Anstandsgefühl. Man muß nicht besonders intelligent sein, um zu begreifen, daß fast alles, was man sich einzutrichtern gezwungen wird, Unsinn ist und daß sich niemand wirklich darum schert, ob man lernt oder nicht. Die Eltern des normalen Schuljungen sind in der Regel (falls sie nicht völlig infantil sind) von seinen Lektionen und Hausaufgaben angeödet und können daraus auch keinen Hehl machen, was seinen scharfen Augen nicht entgeht. Seine ersten Lehrer betrachtet er als unangenehme Polizisten; die späteren Lehrer stuft er, mit Recht, als Esel ein.

Es ist in der Tat eine der größten Tragödien der Jugend – und die Jugend ist die Zeit wirklicher Tragödien –, daß hier junge Menschen in die Hände von Erwachsenen geraten, vor denen sie keinen Respekt haben. Wir sollten mehr Mitleid mit unseren Schulkindern haben. Die Behauptung, sie seien glücklich, ist vergleichbar mit der Behauptung, der Hummer im Kochtopf sei glücklich. Schulkinder sind in mehr als einer Hinsicht die schlimmsten und bedauernswertesten Opfer jener Mischung aus Torheit und Grausamkeit, die man Zivilisation zu nennen pflegt. Die menschliche Rasse hat in ihrer Dummheit kläglich dabei versagt, den Kindern die elementaren Tricks und Illusionen auf eine einigermaßen schmerzlose und vernünftige Weise beizubringen. Katzen und Hunde gehen sehr viel besser mit ihren Jungen um, ebenso die Wilden im Urwald.

Alles, was man bis zum Abitur lernt, könnte einem intelligenten Kind mit den richtigen wissenschaftlichen Methoden innerhalb von zwei Jahren beigebracht werden – mit keinem größeren Aufwand an Grausamkeit als dem, der zum Ziehen eines Zahnes nötig ist. Aber heute braucht man dafür neun Jahre; sie sind einer Serie von Blinddarmoperationen ohne Narkose nicht unähnlich.

Lernt man in der Schule überhaupt jemals irgend etwas Wertvolles? Mir kommen da manchmal Zweifel. Vielen klügeren Menschen geht es ähnlich, obwohl sie in der Regel den Unterricht im Lesen und Schreiben von ihrer Kritik ausnehmen würden. Die Lehrerin, so sagen sie, soll ihrer kleinen Kundschaft Lesen und Schreiben beibringen; was die Kinder danach noch lernen müssen, können sie sich selbst beibringen. Ich würde noch weiter gehen. Ich glaube sogar, daß sich Kinder das Lesen und Schreiben ohnehin meistens selber beibringen, oder doch wenigstens gegenseitig. Die Lehrerin kann ihnen allenfalls zeigen, wie man etwas lernt, und sie kann in ihnen das Bedürfnis nach Wissen wecken; in den seltensten Fällen wird sie die Kinder wirklich etwas lehren. Sie ist viel zu sehr damit beschäftigt, Zeugnisse zu schreiben, Prüfungen abzuhalten und herauszufinden, was die zahllosen Klugscheißer im Lehrerberuf von ihr eigentlich wollen. Sie ist im Grunde genauso unglücklich wie ihre Schutzbefohlenen, und sie haßt das Lernen genauso wie sie.

Ich schlage vor, daß man alle Professoren der Pädagogik aufhängt, daß man die Lehrerinnen mit Rohrstöcken bewaffnet und sie auf die Menschheit losläßt. Zurück zu Bach![2] Die neue Pädagogik ist so kompliziert

2 D. h. zu Alexander Bach (1813-1893), dem österreichischen Justizminister, dessen ›Bach-System‹ bürokratischer Kontrolle zum Inbegriff überschaubarer Effizienz wurde.

geworden, daß sie die Schüler ganz aus den Augen verliert, genau wie die neue Medizin den Patienten vergessen zu haben scheint. Sie treibt die Lehrer zum Wahnsinn und macht aus den Schulkindern Versuchskaninchen in einem wissenschaftlichen Laboratorium. Ich glaube, daß das alte Singstunden-System, mit gelegentlicher Versohlung des Hinterteils, im Grunde besser war. Auf alle Fälle war es einfacher. Man konnte es ohne Diagramme begreifen.

1928

Klassische Gelehrsamkeit

Eine dunkle mittelalterliche Wolke hängt noch immer über den Universitäten in aller Welt, und das gilt auch für einige Universitäten in dieser großen, freien Republik. Der höchste akademische Grad, den man an diesen Anstalten erwerben kann, wird immer noch ›Doktor der Philosophie‹ genannt, obwohl die Philosophie selbst doch nur ein lustiges, logisches Holzhackerspiel ist und als Wissenschaft etwa auf der gleichen Stufe steht wie die Astrologie. In den meisten dieser Universitäten hat das Lateinische jene akademische Würde behalten, die es im Jahre 1350 besaß. Gewiß, heute werden nicht mehr alle Studenten gezwungen, Latein zu lernen, aber diejenigen, die diese Sprache beherrschen, gelten immer noch als gebildeter und klüger als jene, die des Lateinischen nicht mächtig sind.

Im Mittelalter, als alle Gebildeten Latein sprachen, schätzte man diese Sprache wegen ihrer Nützlichkeit im Alltag – aus keinem anderen Grunde. Es war die *lingua franca* der Christenheit, und wer nicht Latein konnte, der konnte es in der Welt zu nichts bringen. Aber soweit ich sehe, hat niemand je gewagt zu behaupten, daß das Erlernen der komplizierten und irrationalen lateinischen Grammatik eine erhebende intellektuelle Erfahrung sei oder daß die lateinisch abgefaßte Literatur besser als irgendeine andere Literatur sei. Dazu kam es erst, als das Lateinische aufgehört hatte, nützlich zu sein – nicht, als es noch von allen Gebildeten gesprochen wurde. Der mittelalterliche Student machte sich keine Illusionen über diese Sprache. Er lernte sie, weil er auf diese Weise in die Lage versetzt wurde, andere Dinge zu lernen – nicht, weil er irgendeinen besonderen Respekt vor ihr empfand. Er betrachtete sein Ringen mit ihr als eine elende Plackerei, die er so schnell wie möglich hinter sich bringen wollte; er las die klassischen Autoren so selten und lustlos, daß die meisten von ihnen sozusagen vom Markt verschwanden und allmählich vergessen wurden.

Als sich in späteren Jahren Pädagogen daranmachten, sie wieder aus der Versenkung hervorzuholen, zeigte sich, daß der mittelalterliche Student mit seiner Haltung recht hatte. Es gibt in diesen Texten in der Tat sehr wenig, das zu lesen sich lohnte. Die Literaturen Englands, Frankreichs und Deutschlands haben in jeder Gattung unendlich mehr zu bieten, und selbst die Literaturen Spaniens, Italiens und Rußlands sind der lateinischen mehr als ebenbürtig. Kein vernünftiger Mensch, der sich durch die zahllosen Bände der Loeb-Bibliothek[1] gequält hat, kommt an der Schlußfolgerung vorbei, daß die Römer im Grunde träge, pragmatische Leute waren – mit dem gleichen Quantum Phantasie ausgerüstet wie heute ein Kongreßabgeordneter oder ein Tierarzt. Natürlich,

1 Der amerikanische Bankier und Philanthrop James Loeb (1867-1933) gründete die (noch heute existierende) »Loeb Classical Library«, eine gediegene Reihe zweisprachiger (Schul-)Ausgaben der antiken Klassiker.

sie besaßen auch große Tugenden, aber eine blühende, reizvolle Vorstellungskraft gehörte sicher nicht dazu. Die Römer waren keine Dichter, sondern Polizeibeamte und Rechtsanwälte.

1936

Die ewige Kunst

Eines der erfreulicheren Nebenprodukte der Freudianischen Quacksalberei ist die Entdeckung, daß das Lügen, jedenfalls in den meisten Fällen, unfreiwillig und unvermeidbar ist – der Lügner kann das Lügen ebensowenig lassen, wie er sich vornehmen kann, nicht mit den Augen zu blinzeln, wenn ein Licht aufblitzt, oder einen Satz zu machen, wenn hinter ihm eine Bombe hochgeht. In seiner schlimmsten Form kann der Drang zum Lügen pathologische Züge annehmen; er ist dann vergleichbar mit Ischias. Lügen gehört zur Standard-Ausrüstung von Hysterikern und Neurasthenikern; wenn diese Menschen lügen, ist das lediglich ein Symptom ihrer konvulsivischen Anstrengungen, sich an eine Umgebung anzupassen, die sie unerträglich finden. Der Rest der Menschheit empfindet sich nicht ganz so bedrängt, aber auf die eine oder andere Weise sind wir natürlich alle eingeengt. Wir schlagen uns vor allem mit Minderwertigkeitskomplexen herum, denen bekanntlich niemand entrinnen kann. Wer keinen Minderwertigkeitskomplex hat, gilt als geisteskrank: Zufriedenheit mit der eigenen Situation ist mit Größenwahn identisch. Die meisten Menschen – d. h. alle ›normalen‹ Menschen – rennen unablässig gegen Grenzen an, subjektive wie objektive. Unsere Gedanken kreisen fast immer darum, wie wir in der menschlichen Gesellschaft eine bessere Figur abgeben können; im Unterbewußtsein ist dieser Vorgang noch stärker und zielbewußter ausgeprägt. Kein gesunder Mensch ist im Grunde seiner Seele mit seinem Los zufrieden. Er wird von Träumen und Vorstellungen heimgesucht, so wie ein Kind davon träumt, in einem Süßwarengeschäft zu wohnen und zwei Mägen zu haben.

Lügen sind der Ausdruck einer unbewußten Sehnsucht nach der Verwirklichung solcher Visionen, und wenn unser innerer Polizist, das Gewissen, verhindert, daß die Lüge in Worte gefaßt wird, dann wird sie eben in mehr oder weniger plausible Handlungen umgesetzt. Wir alle spielen irgendwelche Rollen, wenn wir unseren Mitmenschen gegenübertreten – das haben sogar die Dichter gemerkt. Kein Mensch würde es so weit kommen lassen, daß er seinen wahren Charakter, vor allem seine Schwächen als Christ und Bürger, seine Gemeinheiten und Idiotien seinen Freunden oder gar seiner Frau offenbart. Ehrliche Autobiographien sind deshalb ein Widerspruch in sich selbst: in dem Augenblick, wo ein Mensch sich selbst beschreibt (selbst wenn er es heimlich tut), versucht er, sich zu vergolden und herauszustreichen. So wird eine Ehefrau, wie realistisch auch immer ihre Meinung über den Gatten sein mag, ihm letztlich immer schmeicheln, denn das Schlimmste, das sie in ihm sieht, ist, wenn es zutage tritt, immer noch besser als das, was in ihm angelegt ist. Was sie erblickt, selbst in Augenblicken der unangenehmsten häuslichen Enthüllungen und Eingeständnisse, ist keineswegs ihr authentischer Ehemann, sondern ein Kompositum aus diesem Mann und seinem eigenen glanzvollen Idealbild von sich. Ehemänner, die von ihren Ehefrauen besonders hochgeschätzt werden, verstehen es, diese Projektion besonders überzeugend darzustellen, das heißt, sie sind ganz besonders verwegene und kriecherische Lügner. Natürlich wird ihr Betrug niemals total sein, aber mit einigem Geschick gelingt es ihnen doch oft, ihre Frauen so hinters Licht zu führen, daß diese sich dabei auch noch glücklich fühlen.

Omnis homo mendax, spricht der Psalmist. Bis jetzt haben die Freudianer ihm nur nachgeplappert. Neu an ihrem Evangelium ist die Doktrin, daß Lügen eine Instinktsache ist, normal und unvermeidlich, d. h., daß der Mensch von seinem Überlebenswillen zum Lügen gezwungen wird. Diese Lehre befreit uns von gewissen festgewurzelten Peinlichkeiten und versetzt uns wieder in den Stand der Unschuld. Stell dir eine Lüge als Zwangsneurose vor, und schon wirst du milder über sie denken. Ich brauche hoffentlich nicht hinzuzufügen, daß dieser Übergang aus der Abteilung ›Freier Wille‹ in die Abteilung ›Determinismus‹ keineswegs von den Sanktionen befreit, die traditionell der Lüge auf dem Fuß folgen, wenn sie entdeckt und moralisch mißbilligt wird. Die Verfechter des freien Willens machen immer den gleichen Fehler: sie glauben, daß die Anhänger des Determinismus böse Menschen sind, die nach einer Methode suchen, wie sie den gerechten Folgen ihrer Verfehlungen entgehen können. Dieser Glaube ist unsinnig. Wenn ich als Zeuge vor Gericht lüge und vom Richter dabei ertappt werde, wandere ich wegen Meineid ins Gefängnis – egal, ob ich mich mit Hilflosigkeit in einer Zwangslage herausrede. Das Gesetz weigert sich beharrlich, zwischen einem Mißgeschick und einer Zwangslage zu unterscheiden: ihm geht es allein um die vollzogene Handlung. Aber da die Juristen allmählich intelligenter und zivilisierter werden, könnte sich die Lage langsam zugunsten der Lügner ändern, das heißt zugunsten der Menschlichkeit. Die Naturwissenschaften sind unbeirrbar deterministisch, und sie haben damit begonnen, der öffentlichen Moral ihren Determinismus aufzuprägen. Eines schönen Tages wird vermutlich ein Psychoanalytiker vor Gericht erscheinen, um zu beweisen, daß der Meineid nichts anderes als eine Zwangsneurose ist, vergleichbar mit dem Fußwippen bei einem Konzert oder dem Zählen von Laternenpfählen auf der Straße.

Mein Glaube an das Heraufdämmern dieses ›schönen Tages‹ ist jedoch zaghaft, und ich kann ihn keineswegs mit Sicherheit voraussagen. Ich fälle hier auch kein moralisches Urteil für oder gegen das Lügen; wie der Alte Fritz zu sagen pflegte: Moralische Urteile sind meinem Wesen fremd. Wir sollten jedoch nicht vergessen, daß das Lügen als solches vom christlichen Moralkodex nicht verboten wird. Die Heilige Schrift tut es zynisch und beiläufig ab, die Verfassungen aller zivilisierter Gemeinwesen erwähnen es mit keinem Wort. Nur bei den Chinesen gilt es als strafbares Vergehen. Meineid wird natürlich überall geahndet, ebenso jenes betrügerische Lügen, das einen anderen um sein Eigentum prellen kann. Aber jene viel häufigere Form der Wahrheits-Dehnung, die vor allem den Zweck hat, die würdevolle Fassade des Lügners unversehrt zu lassen, wird meistens sehr wohlwollend betrachtet. Gleiches gilt für Lügen, die einem anderen aus der Patsche helfen sollen – sie können sich sogar regelrecht zu einer Tugend entwickeln. Der verstorbene König Edward VII. erwarb sich in der christlichen Welt große Beliebtheit, weil er den Mut zum Meineid hatte. Aufgefordert, vor Gericht in einer Ehebruchsgeschichte als Zeuge auszusagen, log er, wie man auf englisch sagt, wie ein Gentleman, um eine Frau zu schützen. Sicherlich war diese Lüge, bei Licht besehen, nutzlos, denn es glaubte ohnehin niemand an die Unschuld der betreffenden Dame. Dennoch zollte jeder aufrechte

Christ dem Meineidigen Beifall für seine guten Absichten, einschließlich der Richter, die doch einen Schwur abgelegt haben, gegen jede Form des falschen Zeugnisses mit der ganzen Härte des Rechts vorzugehen. Wir alle, elende Würmer, die wir sind, stehen irgendwann einmal vor dem Dilemma, in dem Edward sich befand. Auf der einen Seite müßten wir die Wahrheit sagen, egal, welche Folgen sich daraus ergeben, und auf der anderen Seite sollten wir sie ein wenig abschwächen und modifizieren, damit sie menschlich und erträglich wird.

Die Welt hat für gewohnheitsmäßige Wahrheitssager wenig übrig. Sie werden immer unbeliebt sein, und oft ist diese Unbeliebtheit so groß, daß sie lebensbedrohlich wird. Denken Sie nur an die lange Reihe von Märtyrern, geistlichen und weltlichen. Sie werden feststellen, daß neun von zehn nichts Schlimmeres getan hatten, als versucht, die Wahrheit herauszufinden und sie unters Volk zu bringen. Selbst heute, wo der wissenschaftliche Geist in der ganzen Welt vorherrscht, stehen solche Menschen alles andere als hoch im Kurs. Der typische Naturwissenschaftler, der typische Kritiker öffentlicher Einrichtungen, ja der typische Wahrheitssucher auf irgendeinem beliebigen Gebiet wird von der großen Mehrheit mit tiefem Mißtrauen betrachtet und muß sich mit erbarmungslosen Gegnern herumschlagen. Wenn er den Versuch macht, die Wahrheit über Arteriosklerose herauszufinden oder über den postoperativen Schock oder über den Krebs, wird er von den Christian Scientists, den Osteopathen und den Antivivisekteuren als Schuft verunglimpft. Wenn er es wagt, die Wahrheit über die Regierung zu sagen, werden deren Beauftragte bald dafür sorgen, daß er zum Schweigen gebracht und bestraft wird. Wenn er sich der Romanschriftstellerei zuwendet und es unternimmt, seine Mitmenschen präzise zu porträtieren, bekommt er es mit den Comstocks[1] zu tun. Nirgendwo kann er mit einem wohlwollenden Publikum rechnen, nirgends ist er vor Angriffen sicher. Gerade in den Vereinigten Staaten wird man sein Unterfangen mit besonderem Argwohn betrachten; die Amerikaner empfinden seit je die größte Bewunderung für die frechsten Lügner und die tiefste Verachtung für diejenigen, die versuchen, ihnen die Wahrheit ins Gesicht zu sagen. Ein Galilei könnte mit der gleichen Wahrscheinlichkeit zum Präsidenten der Vereinigten Staaten gewählt werden wie in Rom zum Papst. Diese beiden hohen Ämter sind für Leute reserviert, die der liebe Gott mit der Gabe gesegnet hat, die bittere Pille der Wahrheit mit dem Zuckerguß wohlgefälliger Illusionen zu überziehen. 1918

Hypothese

In den Naturwissenschaften geht einem Gesetz jeweils eine Hypothese vorauf, was bedeutet, daß immer eine Menge geraten wird, bevor sich eine neue Tatsache endgültig durchsetzt. Diejenigen, die für das Raten zuständig sind, sind oft genauso wichtig wie die Tatsachen-Finder; man könnte sogar überzeugende Argumente dafür anführen, daß die Rater noch wichtiger sind. Neue Tatsachen werden selten einfach aus der Luft gegriffen – man kommt ihnen langsam auf die Spur, muß sich ihnen mit umständlichen trial-and-error-Serien annähern, bei denen kühnes und einfallsreiches Raten eine wichtige Rolle spielt. Die Griechen waren sehr begabt auf diesem Gebiet, und die Wissenschaftler in der ganzen Welt be-

1 Übertrieben strenge Zensoren im Amerika des 19. Jahrhunderts. Anthony Comstock (1844-1915) war ein bigotter Moralprediger, der gegen Abtreibung und Pornographie zu Felde zog.

wegen sich seit zweitausend Jahren auf den Bahnen, die ihnen die Griechen geebnet haben. Leider geht der Vorrat griechischer Vermutungen allmählich zu Ende, was sich daran zeigt, daß in den Naturwissenschaften die Phantasie immer rarer wird. Was wir dringend brauchen, ist eine neue Lieferung von guten Ratern. Die mathematische Physik hat in der Person von Dr. Einstein ein tüchtiges Exemplar hervorgebracht, aber in den meisten anderen Disziplinen herrscht ein auffälliger Mangel an solchen Figuren, was sich sehr negativ bemerkbar macht, z. B. in der Physiologie, wo man seit mehr als hundert Jahren bloß noch Fakten anhäuft, deren Bedeutung völlig unklar bleibt. Wenn diese Wissenschaft einen erstklassiger Rater produzieren könnte, wäre er sicher bald eine der Leuchten des Faches und stünde auf einer Stufe mit Du Bois-Reymond, Johannes Müller, Lavoisier, Malpighi oder Harvey.

1931

Das Universum

Mir scheint, daß die Astronomen die Vorstellung vom Leben auf anderen Planeten als der Erde oder sogar auf bestimmten Sternen (diese Idee wird in den Sonntagszeitungen der Hearst-Gruppe besonders gerne aufgetischt) auf allzu beiläufige Art und Weise abtun. Uranus und Neptun, behaupten sie, sind zu heiß; Merkur ist zu kalt auf der einen Seite und zu heiß auf der anderen (wie ist es mit den Gegenden, wo sich die beiden Klimazonen treffen?), Venus leidet an dem gleichen Mangel, dem Mars fehlt es an Luft und Wasser, Jupiter ist von einer Dampfwolke umhüllt, Saturn ebenfalls, und was den Mond angeht, so hat er keine Luftschicht. Diese Einwände sind im Grunde müßig, denn alles, was sie beweisen (und im Falle Mars und Venus gibt es erhebliche Zweifel), ist, daß die Planeten unseres Sonnenystems nicht jene Art von Leben zulassen, das auf der Erde möglich ist, nämlich ein Leben, das auf den instabilen Kombinationen von Kohlenstoff, Wasserstoff, Sauerstoff und Stickstoff beruht. Gibt es irgendeinen vernünftigen Grund für die Annahme, daß keine andere Art des Lebens möglich ist? Wenn es einen gibt, habe ich noch nie von ihm gehört. Für mich und meine lebhafte Phantasie ist es nicht weiter schwer, mir Formen des Lebens vorzustellen, die nicht aus Kohlen-, Wasser-, Sauer- oder Stickstoff bestehen, sondern aus Platin, Tantal, Rhodium und Wolfram – Elementen, die alle nicht unter 3000 Grad Fahrenheit schmelzen. Ich gehe sogar noch weiter: ich kann mir Lebewesen vorstellen, deren Körper nicht fest, sondern flüssig sind (ähnlich wie unsere Körper, die nur zu einem kleinen Teil ›fest‹ sind). Oder sogar gasförmig. Wenn der Allmächtige zum Beispiel einen amerikanischen Botschafter am englischen Hof schaffen kann, indem er Kohlenstoff und drei Gase kombiniert, sehe ich nicht den geringsten Grund, warum er nicht auch eine Monade aus Helium und Fluor schaffen sollte. Auch hier gehe ich von einer vermutlich überflüssigen Voraussetzung aus: ich spreche von einer Monade, das heißt von einer konkreten Zelle. Aber warum sollte das Leben ausschließlich die Funktion von Zellen sein? Ist es nicht auch möglich, sich Lebewesen vorzustellen, die keine feste Form haben? Wahrscheinlich ist der ganze interstellare Raum bevölkert mit solchen Lebewesen, und ihr Allotria mag die Ursache für einige der von Dr. Einstein beobachteten Phänomene sein. Vielleicht gibt es ja Sonnenwürmer, die in den horrenden Sonnentemperaturen genauso behaglich leben wie ein Bierfisch in einem Faß Löwenbräu. Und vielleicht gibt es auf dem Neptun und dem Uranus Supermänner mit Schädeln aus Feuerstein und Eingeweiden aus Asbest – es ist dies weder wahrscheinlich noch unwahrscheinlich, wir wissen es einfach nicht. Unmöglich ist es auf keinen Fall.

Die extreme Kälte einiger Planeten – bis zum absoluten Nullpunkt oder Minus 273 Grad – stellt ein noch geringeres Hindernis dar. Es ist durchaus denkbar, daß es heute auf der Erde eine Reihe von primitiven Lebensformen gibt, die derartige Temperaturen überleben könnten: Schotten würde das zum Beispiel mühelos gelingen, wenn Whisky nicht schon bei Minus 130 Grad gefrieren würde. Ich neige deshalb zu der Annahme, daß es auf einigen Planeten von Lebewesen geradezu wimmelt, wie ja auf der Erde auch, und daß dieses Leben genauso sinnlos und obszön ist wie das irdische. Die Theorie, daß die Erde durch ihre Fauna bewohnbarer gemacht wird – in einem Maße sogar, daß diese Fauna sich der besonderen Obhut und Pflege einer Gottheit erfreut –, erscheint mir ganz und gar unglaubwürdig. Die reizvollsten Orte auf dieser Erde sind genau diejenigen, an denen Lebewesen, seien es Insekten oder Menschen, nur spärlich vertreten sind.

1922

Der Fetisch des gestreiften Muskels

In den amerikanischen Colleges kommt es immer wieder zu Kreuzzügen gegen die Überbewertung von Sport und Freizeit; es ist jedoch wenig wahrscheinlich, daß diese Kreuzzüge zu irgendwelchen Reformen führen. Auf der einen Seite sind die Verantwortlichen in den Colleges, und ganz besonders die Präsidenten, eine viel zu höfliche Spezies, als daß sie je wirksame Schritte gegen Veranstaltungen unternähmen, die so viel Geld einbringen, und auf der anderen Seite sind sie viel zu konventionell, um gegen die verbreitete Vorstellung anzugehen, daß der Sport per se wertvoll und deshalb lobenswert ist. Was man selbst von den radikalsten Kritikern allenfalls zu hören bekommt, ist die Feststellung, daß es irgendwie unmoralisch ist, wenn College-Sportstätten fünfmal soviel kosten wie College-Bibliotheken – niemand würde jemals den Standpunkt vertreten, daß Sportstadien ganz abgeschafft werden sollten. Und doch liegt es auf der Hand, daß sich dieser Standpunkt mit großer Plausibilität vertreten läßt.

Der volkstümliche Glaube an den Sport beruht auf der Theorie, daß Leibesübungen den Körper gesund erhalten und daß körperliche Gesundheit die Voraussetzung für intellektuelle Leistung ist. Beide Aussagen sind überaus fragwürdig. Es gibt tatsächlich nicht den geringsten Grund für die Annahme, daß zum Beispiel eine Sportart wie Football denjenigen, die sie betreiben, erhöhte körperliche Gesundheit beschert. Im Gegenteil: alles spricht dafür, daß Football der Gesundheit schadet. Footballspieler setzen sich nicht nur ständig dem Risiko schwerer Verletzungen aus (die oft unheilbar sind), sie nehmen auch Schaden in einem ganz gewöhnlichen physiologischen Sinne, und zwar durch die extremen körperlichen Strapazen, die mit diesem Spiel verbunden sind. Wenn es wirklich sinnvoll ist, daß sich halberwachsene Knaben mehrere Stunden am Tag auf einem Schlammplatz wälzen, mit bloßem Kopf, unter düsterem Herbsthimmel, dann könnte man den gleichen Effekt erreichen, wenn man sie vor dem Zubettgehen mit einem Feuerwehrschlauch kurz abspritzte. Und wenn es für ihre unsportlichen Kommilitonen gut wäre, den Footballspielern von kalten und zugigen Tribünenplätzen aus zuzuschauen, dann müßte es für diese Kommilitonen auch gut sein, wenn ihre Professoren sie auf diesen Tribünenplätzen unterrichteten.

Die schlichte Wahrheit ist, daß Sportler, als gesellschaftliche Gruppe, gesundheitlich nicht über dem Durchschnitt liegen, sondern darunter. Trotz der geballten Aufmerksamkeit, die ihnen Diät-Experten, Gummiwarenhersteller und die ganze medizinische Zunft angedeihen lassen, werden sie ständig von Krankheiten heimgesucht; es kommt so gut wie nie vor, daß einer von ihnen eine normale Saison ohne Verletzungen übersteht. Wenn ein College beschließt, eine bestimmte Sportart in großem Stil zu pflegen, muß dieses College jeweils fünf- bis sechsmal so viele Spieler zur Verfügung haben, wie es die Regeln vorschreiben, denn die meisten Stars sind immer irgendwann verletzt und nicht einsatzfähig. Eine ganze Reihe von ihnen fallen schon nach ein oder zwei Spielen für immer aus, und kein Schwein hört je wieder etwas von ihnen. Ein paar werden schon auf dem Spielfeld zum Krüppel gemacht, aber die meisten sind einfach Opfer des normalen Verschleißes. Mit anderen Worten: die Bewegung, die sie sich verschaffen, vergrößert nicht ihre Robustheit, sie offenbart nur ihren

Mangel an Robustheit. Die Überlebenden sind nicht bessere Tiere als zu Anfang – sie waren von vornherein die besseren Tiere.

Der Gesundheitskult hat in der Tat groteske Dimensionen angenommen. Er wird hochgeputscht, wenigstens teilweise, von Ärzten, die sich zu Wanderpredigern gemausert haben, d. h. von Leuten, die zwar eine Ausbildung, aber kein Talent für die Medizin haben, oft sogar eine Abneigung gegen sie. Die Bewegung für Volksgesundheit wird überwiegend von solchen Quacksalbern gesteuert; sie scheinen überdies einen mächtigen und verhängnisvollen Einfluß gerade auf diejenigen ihrer Kollegen zu haben, die es eigentlich besser wissen sollten. Dieser Einfluß zeigt sich unter anderem auf eine ganz irrationale Weise an der gegenwärtigen Sucht nach Sonnenheilung (Heliotherapie), bei der man auf das Wohlbefinden der Patienten oder die spezielle Natur ihrer Erkrankung keine Rücksicht nimmt. Ich prophezeie, daß die Gewohnheit, kranke Menschen dem gleißenden Sonnenlicht auszusetzen (oder auch künstlichem Licht, das die Wirkung des Sonnenlichts imitiert) eines Tages genauso aus der Mode kommen wird wie das Aderlassen. Es ist eine Tatsache, daß das Sonnenlicht für die höher entwickelten zivilisierten Menschen meist schädlich ist; ihr elementarer Instinkt, dieses Licht zu vermeiden, ist ein natürlicher. Wäre das Sonnenlicht gesund, dann müßten Bauern gesünder sein als Städter – was ganz sicher nicht der Fall ist. Seit seinen allerersten Tagen auf dieser Erde hat der Mensch den Schatten gesucht, und seine sämtlichen anthropoiden Vorfahren scheinen ohnehin Waldbewohner gewesen zu sein.

Die frische Luft ist eine andere Medizin, der man in Zukunft nicht mehr blind vertrauen wird. Jeder kann sich an die Zeit erinnern, als man Schwindsüchtige auf einsamen Berggipfeln den Winterstürmen aussetzte. Die meisten von ihnen starben natürlich eines jämmerlichen Todes; die Rekonvaleszenz derjenigen, die am Leben blieben, schrieb man den wundersamen Einflüssen der Höhenluft zu. Heute begreift man allmählich, daß der einzige wertvolle Teil dieser Therapie die Ruhe war (die vom Toben der Stürme eher gestört als gefördert wurde). Etwa um die gleiche Zeit erlagen die amerikanischen Pädagogen ebenfalls der Frischluft-Manie, und die Steuerzahler wurden dazu überredet, Millionenbeträge dafür aufzubringen, daß in den öffentlichen Schulen komplizierte und kostspielige Belüftungsanlagen installiert werden konnten. Inzwischen hat man herausgefunden, daß die frische Luft, die durch ein ganz gewöhnliches Fenster hereinkommt, für Schulkinder völlig ausreicht; die Pädagogen, die ihre unsinnigen Ventilationsprojekte daraufhin plötzlich fallenließen, rufen jetzt laut nach teuren Fensterscheiben aus Quarz, die angeblich ultraviolette Strahlen einlassen. Dieser Quatsch wird eine Weile der letzte Schrei sein, bis kein Hahn mehr danach kräht. Sogar Lehrer, scheint es, besitzen ein gewisses Maß an Lernfähigkeit.

Aber eben nur ein gewisses. Wenn es um Sport geht, macht sich bei ihnen ein Mangel an Übung bemerkbar. Die meisten Pädagogen, zumindest in den Colleges, haben selber einen College-Abschluß und übernehmen deshalb die Wertvorstellungen ihres College. Und weil der normale Achtzehnjährige eben lieber Boxweltmeister im Schwergewicht ist als Albert Einstein, sind diese Wertvorstellungen einseitig auf körperliche Tüchtigkeit ausgerichtet. Die armen Lehrer, die sich diese Wertskala zu eigen gemacht haben, werden immer eine heimliche Bewunderung für Football-Stars behalten. Ohne Ausnahme träumt ein jeder von ihnen, wenn er denn überhaupt träumt, daß er eine Reinkarnation von Sandow ist. Deshalb kann man von diesen Leuten kaum erwarten, daß sie einen ernsthaften Vorstoß gegen die Überschätzung des Sports an unseren Colleges unternehmen. Wenn es je zu einer Reform kommt, dann wird sie nicht vom Lehrkörper der Colleges ausgehen, sondern von ihren Aufsichtsratsmitgliedern, die in der Regel keinen College-Abschluß haben. Leider haben jedoch diese Aufsichtsratsmitglieder auch ihre Träume: sie träumen nämlich, daß sie J. P. Morgans[1] sind. So scheint derzeit die einzige Möglichkeit, den Gorilla-Wettstreit zu beenden, der den Colleges Millionen-Einkünfte verschafft, darin zu bestehen, daß man irgendeine neue schwachsinnige Betätigung erfindet, die noch höhere Einkünfte garantiert. Dieser Aufgabe, das muß ich hier zugeben, sehe ich mich leider nicht gewachsen. 1931

Trost für die Gebrechlichen

Für die Götter, die den Kosmos lenken, sind Krankheit und Gesundheit wahrscheinlich ein und dasselbe. Ich bin natürlich nicht eingeweiht in die geheimen Abhandlungen von Jahwe, aber es ist durchaus vorstellbar, daß eine große, weiß schimmernde Eiterbeule ihm die gleiche Genugtuung bereitet wie eine rosige Wange – vielleicht sogar eine größere. Ein Furunkel, vermute ich, ist schwerer zu erzeugen, allein schon, weil es soviel komplizierter ist, und deshalb wird es für den Schöpfer eine größere Herausforderung sein. Was ein Karzinom angeht, einen Bruch oder einen Fall von Paralysis agitans, so muß eine

1 John Pierpont Morgan (1867-1943), amerikanischer Bankier und Mäzen.

derartige Komplikation ihren himmlischen Urheber mit einem wohltuenden Gefühl professioneller Genugtuung erfüllen. Zweitrangige Götter, soviel dürfte feststehen, könnten so etwas nie erfunden haben. Es zeigt ein hohes Maß an Einfallsreichtum, gepaart mit einer Eigenschaft, die von ästhetischer Leidenschaft kaum zu unterscheiden ist.

Was ist das eigentlich, Gesundheit? Schlicht gesagt, ein Zustand, in dem das Individuum vorübergehend perfekt an seine Umgebung angepaßt ist. Offensichtlich kann ein solcher Zustand nicht die Regel sein, denn die Umgebung ist in ständiger Veränderung begriffen. Fühle ich mich heute rundum wohl, bei einer Temperatur von 20 Grad und einer leichten Brise? Dann kann ich mich morgen nicht genauso wohl fühlen, wenn das Thermometer auf zehn Grad gesunken ist und ein wilder Nordwind bläst. Außerdem lebe ich heute abstinent, denn heute ist mein Namenstag, und mein armer Zwölffingerdarm ruht. Morgen aber hat mein Onkel Wolfgang Geburtstag, und ich muß den ganzen Tag essen und trinken. Eine Woche später habe ich, wenn die Statistiken der Versicherungen einigermaßen zuverlässig sind, gute Chancen, daß mein Herz anfängt, Bocksprünge zu machen, denn ich komme jetzt in das Alter, in dem solche Veränderungen beginnen. Zwanzig Jahre später stehen die Chancen eins zu zehn, daß ich mich ausgestopft im Nationalmuseum in Washington befinde. Das, wie man so sagt, ist der Lauf der Dinge.

Dauerhafte Gesundheit gibt es wahrscheinlich nur bei Lebewesen mit sehr primitiven Strukturen – von den Rhizopoden bis zu Schuljungen. Diese Kreaturen kennen keine Konflikte mit ihrer Umwelt, denn sie stellen kaum Ansprüche an sie. Solange die Umwelt sie nicht massiv bedrängt, wie etwa ein einstürzender Neubau, nehmen sie sie kaum wahr. Aber auf den höheren Ebenen ist die Sensibilität sehr viel größer, und enstprechend häufiger sind Krankheiten. Die Geschichte weiß von relativ wenigen bedeutenden Männern, die rundum gesund gewesen sind: die Biographien der Großkopfeten sind in der Regel voll von Gebrechen und Zipperleins. Bei den alten Griechen stellten nur die Sportler kein Versicherungsrisiko dar – und von diesen Sportlern hört man, damals wie heute, nichts, außer daß sie Sportler waren. Es muß Tausende von ihnen gegeben haben, aber nicht einer von ihnen hat im Alter in irgendeiner Weise von sich reden gemacht. Vermutlich hat der durchschnittliche Olympionike seine letzten Tage als Besitzer einer Weinhandlung oder als Nachtwächter in der Platonischen Akademie verbracht. Zur gleichen Zeit brüteten die Philosophen über den Werken des Hippokrates und bevölkerten die Wartezimmer all jener Heilpraktiker, die aus dem Orient nach Griechenland strömten.

Das Glück ist, ähnlich wie die Gesundheit, eine Gabe des Zufalls. Einen Augenblick lang ist der Organismus so wenig irritiert, daß er sich dessen nicht bewußt ist – für die Dauer dieses Augenblicks ist er glücklich. Deshalb ist ein Schwein immer glücklicher als ein Mensch und ein Bazillus glücklicher als ein Schwein. Die Gesetze des Kosmos scheinen sich genausowenig um das menschliche Wohlbefinden zu scheren wie die Gesetze der Vereinigten Staaten um menschlichen Anstand. Wer auch immer den Kosmos in Bewegung setzte, hatte etwas ganz anderes im Sinn – etwas, das wir nicht einmal erraten können. Das menschliche Leben scheint kaum mehr als ein eher zufällig entstandenes Nebenprodukt zu sein: man kann es mit den Funken vergleichen, die sprühen, wenn ein Schmied ein Pferd beschlägt. Die Funken sind viel prächtiger als das Hufeisen, spielen aber trotzdem nur eine untergeordnete Rolle. Könnte das Hufeisen sprechen, würde es von den Funken wahrscheinlich wie von einer Krankheit sprechen. In ähnlicher Weise, vermute ich, ist der Mensch eine Krankheit des Kosmos. Aber jetzt fangen meine Argumente an, sich im Kreis zu drehen, denn zu Beginn hatte ich ja gesagt, daß Krankheit vielleicht nur eine höhere Form der Normalität ist; ich breche hier lieber ab. 1930

Der kritische Prozeß

Fast alle theoretischen Überlegungen zur Kritik, die ich kenne, beginnen mit einer falschen Prämisse, nämlich der, daß das Grundmotiv des Kritikers, der Impuls, der einen Kritiker aus ihm macht statt einen Politiker oder Börsenmakler, ein pädagogischer ist: daß er schreibt, weil er von dem leidenschaftlichen Bedürfnis erfüllt ist, aufklärend zu wirken, Irrtümer und Fehler bloßzustellen und eine bestimmte Lehrmeinung zu verbreiten, sei es eine psychologische, epistemologische, historische oder ästhetische. Mir scheint jedoch, daß dies nur auf schlechte Kritiker zutrifft, und das erscheint mir um so unwiderlegbarer, je schlechter sie sind. Das Grundmotiv des guten Kritikers, den zu lesen sich wirklich lohnt (eines Kritikers, von dem sich sagen läßt, daß man ihn lesen kann, ohne sich selbst zu bestrafen), ist ein ganz anderes. Sein Schreibantrieb ist nicht der des Pädagogen, sondern der des Künstlers. Sein Motiv ist nicht mehr und nicht weniger als der schlichte Wunsch, sich ungehindert und mit Inbrunst seiner Gaben zu bedienen und all den Ideen eine unverkennbare, objektive Form zu geben, die in seinem Innern brodeln und die für ihn etwas Faszinierendes haben – sein Wunsch ist es, sie auf dramatische Weise ans Tageslicht zu befördern und sich so in der Welt Gehör zu verschaffen.

Als ich mich vor Jahren genauer mit einigen kritischen Arbeiten zum Werk von Theodore Dreiser beschäftigte, stellte ich fest, daß so gut wie jeder, der überhaupt von meinen Hervorbringungen Notiz nahm, eine von zwei Prämissen über meine Absichten voraussetzte: entweder daß ich a) ein fanatischer Anhänger des Dreiserschen Gedankenguts sei und begierig, es zu verbreiten, oder daß ich b) ein glühender Patriot sei, der sich nichts sehnlicher wünscht, als das Niveau der amerikanischen Literatur anzuheben. Beide Prämissen waren falsch. Mein Interesse an den meisten Dreiserschen Ideen war sehr gering; wenn wir uns trafen, stritten wir uns meistens. Außerdem war und ist mir das öffentlichen Wohl ziemlich gleichgültig, und ich verspüre nicht die geringste Lust, die amerikanische Literatur zu verbessern; sollte sie je den Stand der Vollkommenheit erreichen, wäre ich nämlich arbeitslos. Warum ich über Mr. Dreiser so ausführlich geschrieben habe? Nun, weil ich, wie Mr. Dreiser und jeder andere weiß, der mich so gut kennt wie er, schlicht und einfach nur einen einzigen Schreibantrieb habe: das Bedürfnis, die Ideen von Mr. Mencken zu sortieren und in eine gewisse Ordnung zu bringen, ihnen eine elegante, griffige Form zu geben und sie mit einem gewissen Brimborium, vielleicht sogar mit einer Liedzeile in jenen dichten Nebel zu entlassen, der derzeit über der ganzen Republik liegt.

Wenn sich der Kritiker entschließt, Kritik zu betreiben statt selber literarische Werke zu verfassen, hat das meistens mit seinem Temperament zu tun; es kommt gelegentlich vor, daß Zufälle der Ausbildung und der Umgebung ebenfalls eine Rolle spielen. Die Gefühle, die ihn zufällig beherrschen, wenn ihn die Schreiblust überkommt, sind keine vom Leben inspirierten Gefühle, sondern von Büchern, Bildern, Musik, Skulpturen, Architektur, Religion, Philosophie – kurz, von anderer Leute Gefühlen über das Leben ausgelöste Empfindungen. Es sind also gewissermaßen Gefühle aus zweiter Hand, und es ist deshalb kein Wunder, daß Künstler so oft glauben, auch die Kritiker seien irgendwie aus zweiter Hand. Vielleicht stimmt das sogar in den meisten Fällen. Wenn sich also der Kritiker auf dieser Ebene bewegt, wenn ihm die intellektuelle Beweglichkeit fehlt, um den Sprung vom Kunstwerk zu den großen und geheimnisvollen Phänomenen dahinter zu machen, dann sind die Kritiker *immer* aus zweiter Hand, und der Kritiker ist nichts als ein Sprachrohr und ein Polizist. Aber wenn in seiner Seele ein echter Künstler wohnt, wenn seine Empfindungen tief und originell sind und sein Ausdrucksvermögen das der meisten gebildeten Menschen übersteigt, dann bewegt er sich unweigerlich vom Kunstwerk hin zum Leben selbst, und er erwirbt eine Würde, die ihm vorher fehlte.

Das Rezensieren von Büchern, wie gewissenhaft und kompetent es auch betrieben wird, ist ein nicht sehr reputierliches Geschäft. Ähnlich wie das Schreiben von Gedichten ist es überwiegend ein Ausdruck intellektueller Unreife. Der Rezensent ist in der Regel gebildet, er ist nüchtern, er ist sorgfältig und gewissenhaft – aber er ist so hohl wie ein Bierkrug. Nichts ist in ihm, außer dem gespenstischen Echo der Gedanken und Empfindungen anderer Leute. Wäre er ein echter Künstler, hätte er seine eigenen Gedanken und Gefühle, und das Bedürfnis, ihnen eine objektive Gestalt zu geben, wäre übermächtig: ein Künstler kann diesem Bedürfnis ebensowenig widerstehen wie ein Politiker den Verlokkungen des Amtes.

Ignorieren wir alle diejenigen, die sich bemüht haben, aus der Kritik eine Wissenschaft zu machen. Kritik ist eine Kunst – oder gar nichts. Wenn der Kritiker, der sich in sein Kämmerlein verkriecht, um einen Artikel über ein Buch, ein Stück oder was auch immer zu fabrizieren, etwas zustande bringt, das eine erkennbare Struktur hat, lebendig geschrieben ist und von neuen, aufregenden Ideen nur so funkelt, wenn seine Prosa von zivilisierten Umgangsformen zeugt und dem Charme einer besonderen Persönlichkeit, dann hat er der Welt etwas Wertvolles gegeben, und er hat sein Dasein gerechtfertigt.

Das Ziel eines Kritikers kann es nicht sein, die Leute zu seinen Ansichten zu bekehren. Die Forderung nach ›konstruktiver‹ Kritik beruht auf der irrigen Annahme, daß es in der Kunst so etwas wie eine unverrückbare Grundwahrheit gibt und daß der Künstler in dem Augenblick ein besserer Mensch wird, wo ihm diese Grundwahrheit vor Augen geführt wird. Diese Idee, in welchem Gewand auch immer sie auftritt, ist absurd – genauso absurd wie die verwandte Idee, daß der Kritiker, der als kompetent gelten möchte, ein Fachmann auf dem Gebiet sein muß, das er zu kritisieren wagt – was etwa darauf hinausliefe, daß ein Arzt, der Bauchschmerzen kurieren will, selber Bauchschmerzen haben muß.

Es hat in der Geschichte, so weit ich sehe, keinen einzigen Künstler gegeben, dessen Werk nach einer sogenannten konstruktiven Kritik besser geworden ist. Es ist der Fluch der Kunst, daß sie ständig von Leuten usurpiert wird, die keine Künstler sind, von Leuten, deren Ausdrucksbedürfnis in krassem Mißverhältnis zu ihren Möglichkeiten steht, sich auszudrücken – kurz, von Leuten, die partout nichts zu sagen haben.

Den geringen praktischen Wert ›konstruktiver‹ Kritik kann ich aus meiner eigenen Erfahrung bezeugen. Meine Bücher sind in der Regel ausführlich rezensiert worden, und viele Kritiker haben sich große Mühe gegeben, das, was sie für meine faktischen und Geschmacksirrtümer hielten, herauszustellen. Ich kann mich jedoch an keinen einzigen Fall erinnern, wo irgendein von einem ›konstruktiven‹ Kritiker gemachter Vorschlag mir auch nur im geringsten geholfen, geschweige denn mich ernsthaft interessiert hätte. Wenn ich jemals von Kritikern meiner Arbeiten profitiert habe, dann nur von den destruktiven.

Ein handfester Verriß hat mir meistens geholfen, besonders, wenn er gut geschrieben war. Das fängt damit an, daß ich dem Verfasser meinen professionellen Respekt zolle, und es hört damit auf, daß ich gezwungen bin, meine Gedanken am Schreibtisch noch einmal nüchtern zu sortieren.

Als praktizierender Kritiker stelle ich fest, daß nur sehr wenige Bücherschreiber so tolerant wie ich sind; die meisten zeigen früher oder später, selbst wenn sie überaus höflich kritisiert werden, Symptome größten Unbehagens. Wahrscheinlich sind auch aus diesem Grund dauerhafte Freundschaften zwischen Kritikern und Autoren so selten. Künstler sind sich von Natur aus untereinander nicht grün, aber diese Form instinktiver Abneigung steigert sich selten zu jener unversöhnlichen Feindschaft, wie sie unter Opernsängern oder aber zwischen Schriftstellern und Kritikern üblich ist. Selbst wenn die Letztgenannten nach außen die Form wahren, brodelt doch unter der Oberfläche die Wut. Zum Teil hängt das mit den unmöglichen Forderungen des Kritikers zusammen, besonders wenn er von dem Bazillus der Konstruktivität befallen ist. Hat er erst einmal einen Autor mit seinem Wohlwollen bedacht, erwartet er von dem armen Kerl, daß er sich fortan dieses Wohlwollens ohne jedes Wenn und Aber würdig erweist – was in der Regel das Menschenmögliche weit übersteigt. Der Autor sträubt sich gegen das lehrhafte Überlegenheitsgebaren des Kritikers, besonders dann, wenn er spürt, daß ihm ein Werk mißraten und die Unzufriedenheit des Kritikers berechtigt ist. Ungerechtigkeit ist relativ leicht zu ertragen; was schmerzt, ist Gerechtigkeit.

1921

Über Stil

Mit ein oder zwei Ausnahmen stammen alle Bücher über den englischen Prosastil von Autoren, die nicht schreiben können. Das Thema scheint in der Tat eine besondere und geradezu furchtbare Faszination für Lehrerinnen, bukolische College-Professoren und ähnliche Pseudo-Literaten zu besitzen. In tausend Texten unterbreiten sie uns ihre deprimierenden Ansichten darüber, und Millionen von leidenden High School-Schülern müssen sich damit abplagen. Ihre Hauptabsicht ist natürlich, das Ganze auf ein paar einfache Regeln zu reduzieren – dies ist ohnehin der dominierende Trieb ihres trübseligen Ordnungssinns, überall und zu jeder Zeit. Sie bemühen sich, die Stillehre genauso zu unterrichten, wie man jemandem das Bridge-Spiel, das Signal-Winken oder die doppelte Buchführung beibringt. Sie versagen dabei zwangsläufig so kläglich wie der Athener, der einer Kompanie Heuschrecken den Gänsemarsch beibringen wollte.

Das Wesen des guten Stils besteht darin, daß man ihn nicht auf Regeln reduzieren kann. Er ist ein lebendiger, atmender Organismus mit unberechenbaren Eigenschaften, der seinem Besitzer wie angegossen und so zwanglos paßt wie die eigene Haut. Er ist genauso ein integraler Teil von ihm wie seine Haut. Er verhärtet, wenn seine Arterien verhärten. Er ist übermütig in der Jugend, würdevoll im Alter. Am Tag, an dem sich sein Besitzer neu verliebt, glüht und glitzert der Stil. Wenn er gut gegessen hat, ist er träge. Hat er Magenbeschwerden, wird er bitter. Kurz, der Stil ist immer und unter allen Umständen das äußere und sichtbare Markenzeichen eines Menschen. Der Versuch, guten Stil zu lehren, ist ebenso unsinnig wie der Versuch, Kurse für Geschlechtsverkehr einzurichten.

Die Oberlehrerinnentheorie beruht auf einer falschen Schlußfolgerung aus einer richtigen Beobachtung. Die richtige Beobachtung besteht darin, daß die meisten amerikanischen High School-Kinder, wenn sie versuchen, ihre Gedanken zu Papier zu bringen, nur einen Haufen konfuses und kindisches Zeug produzieren. Die falsche Schlußfolgerung besteht darin, daß ihnen bloß die richtige Technik fehlt, daß sie im guten schriftlichen Ausdruck genauso gedrillt werden können, wie man einen Hund drillen kann, auf den Hinterbeinen zu gehen.

Nichts könnte abwegiger sein. Was diesen Schülern fehlt, ist nicht das richtige Handwerkszeug, sondern die richtige Ausstattung im Kopf. Sie schreiben deshalb unklar, weil sie nicht klar denken können. Sie können nicht klar denken, weil es ihnen an Grips mangelt. Sie zu unterrichten ist genauso aussichtslos wie der Versuch, einem Hund mit nur einem Hinterbein das Gehen auf zwei Hinterbeinen beizubringen. Jedes menschliche Wesen, das sich auf englisch vernünftig ausdrücken kann, besitzt alles, was man braucht, um ein klares, ja sogar schönes Englisch zu schreiben. Die geschriebene Sprache hat nichts Geheimnisvolles; sie ist im Grunde mit der gesprochenen Sprache identisch. Wenn jemand auf englisch denken kann, dann kann er auch die Wörter finden, die er braucht, um seine Gedanken auszudrücken. Diese Tatsache wird überzeugend belegt durch die vorzüglichen schriftlichen Äußerungen, die wir von sogenannten Ungebildeten besitzen. Sie erfreuen sich bei Pädagogen nur geringer Beliebtheit; ihre Transparenz erregt ihren profesionellen Widerwillen, und sie empfinden den Gebrauch umgangssprachlicher Wörter und Wendungen als beleidigend. Sie ziehen gedrechseltere und kompliziertere Texte vor, Stücke, die, wie sie sagen würden, größere intellektuelle Anforderungen stellen. Aber die Gedanken, nach denen sie dürsten, sind genau jene Gedanken, die sie selber absondern – verworrenes, hochgestochenes, hohles Zeug, wie es sich in ihren eigenen Lehrbüchern findet.

Ich kritisiere sie nicht, weil sie so schlecht schreiben – ich registriere diese Tatsache lediglich, objektiv und betrübt. Selbst noch in dieser Grauzone des Intellekts bleibt der Stil die Kennmarke des Menschen. Was sich im Kopf befindet, fließt durch die Feder aufs Papier. Ist es eleganter Burgunder, wird auch der Stil lebhaft und anziehend sein. Ist es Quark, wird auch der Stil bloß Quark sein. Wenn die Gedanken klar sind, wird auch der Stil klar sein. Wer an seine Ideen leidenschaftlich glaubt, wird ein eloquenter Stilist sein. Leuten, die nicht denken können, Stil von Leuten beibringen zu lassen, die selber nicht denken können, ist reine Zeitverschwendung und eine unmoralische Zumutung für den Steuerzahler. Es wäre weit logischer, alle Energie statt auf die Unterweisung im Schreiben für den Unterricht im logischen Denken einzusetzen – aber vermutlich ebenso zwecklos. Ich glaube nämlich, daß die Kunst des Denkens nicht gelehrt werden kann, jedenfalls nicht von Schulmeistern. Die Denkfähigkeit erwirbt man nicht, sie ist angeboren. Einige von uns kommen damit auf die Welt. Ihre Gedanken fließen geradeaus, sie sind in der Lage, luzide zu argumentieren, wenn sie etwas sagen, ist es auf Anhieb verständlich, wenn sie etwas schreiben, ist es klar und überzeugend. Diese Menschen machen etwa ein Achtel eines Prozents der Menschheit aus. Der Rest der Kinder Gottes ist ebenso unfähig, logisch zu denken wie über den Mond zu springen. Diesen Rest zu unterrichten ist müßig. Alles, was man mit diesen Menschen tun kann, ist, ihnen den Doktorgrad zu verleihen und sie darauf anzusetzen, Lehrbücher des guten Stils zu schreiben. 1926

Whitman

Nichts ist obszöner (oder amerikanischer) als die Feindseligkeit, die Whitman in seiner Heimat bis ans Ende seines langen Lebens umgab. Zugegeben: es hat auch zaghafte Phasen der Annäherung gegeben. 1885 lobte Emerson ihn; als er jedoch später deswegen kritisiert wurde, wollte er nichts mehr von seinem Lob wissen – ähnlich wie Mark Twain und William Dean Howells Maxim Gorki im Stich ließen. Alcott, Thoreau, Lowell, und sogar Bryant in seiner kurzen Bohème-Phase blieben mehr oder weniger höflich gegenüber Whitman. Eine Gruppe bunt gemischter Schwärmer scharte sich um ihn, aus der sich schließlich ein bemerkenswerter Mann herausschälte, John Burroughs. Junge literarische Abenteurer wie z. B. Huneker suchten ihn auf und hörten ihm zu, getrieben von Bewunderung und Sensationsgier. Aber der Ton der öffentlichen Meinung, die Einstellung der amerikanischen Kritik gegenüber Whitman blieb unverändert feindselig; man beschädigte seinen Ruf durch entstellte Zitate und Nichtbeachtung. »Die vorherrschende Reaktion auf mein Buch«, schrieb er 1884 in »A Backward Glance on My Own Road«, »war entweder Spott oder Denunziation; ich bin das Opfer von zwei oder drei öffentlichen Verunglimpfungen gewesen, die mir zu schaffen gemacht haben.« »Noch nach dreißig Jahren auf der Anklagebank«, schrieb er in »My Book and I«, drei Jahre später, »ist die öffentliche Kritik an dem Buch und an mir als dem Autor von Wut und Verachtung bestimmt.«

Bis zu seinem Tode war die in Amerika vorherrschende Ansicht, daß Whitman ein drittklassiger Lyriker und ein Schmutzfink sei. Ein junger Professor, der in den siebziger oder frühen achtziger Jahren gewagt hätte, sich zu Whitman zu bekennen, wäre ohne Umstände als unfähig und unmoralisch entlassen worden. Wenn in jenen Jahren irgend etwas festzustehen schien, dann die Überzeugung, daß der alte Walt Whitman maßlos überschätzt wird. Heute ist er Pflichtlektüre in jedem Anfängerkurs, sogar in Tennessee, und alle sind sich darin einig, daß er zu den großen Leuchten der amerikanischen Literatur gehört. Ist dieser Wandel allein durch die Literaturkritik bewirkt worden? Stellt er gar einen Triumph der Kritik über die Finsternis dar? Nein, das tut er nicht. Er ist, im Gegenteil, ein Beispiel für den Triumph der Verhältnisse über die Kritik. Whitmans erste Parteigänger interessierten sich nicht die Bohne für Lyrik – sie interessierten sich für Sex, besonders in der homosexuellen Variante. Sie bekamen bald Unterstützung von Leuten, die sich für Politik interessierten. Und schließlich wurden sie zur Mehrheit gemacht von einer zerlumpten Horde, der es vor allem, vielleicht sogar ausschließlich, darum ging, möglichst viel Lärm zu machen.

Die Literaturkritik im eigentlichen Sinne hatte mit dieser Wandlung nichts zu tun. Kaum ein Kritiker von Rang hatte seine Hand dabei im Spiel. Die Wende, nach den ersten süffisanten Kommentaren über »A woman waits for me« und dem »Calamus«-Zyklus, begann mit der Zunahme des politischen Radikalismus Anfang der achtziger Jahre als Reaktion auf den kruden Materialismus im Gefolge des Bürgerkriegs. Ich bin versucht zu behaupten, daß Terence V. Powderly[1] mehr mit der Rehabilitation von Whitman zu tun gehabt hat als irgendein amerikanischer Kritiker oder Lyriker. Und wenn Sie von Powderly nichts wissen wollen, kann ich Ihnen dafür Karl Marx anbieten. Zunächst taten sich die Radikalen schwer. Auf den normalen Bürger wirkten sie wie Kriminelle. Was sie offensichtlich brauchten, war ein Mittel, das die allgemeine Angst vor ihnen aus der Welt schaffte, ein Appell an die Sentimentalität der Masse. Und da kam ihnen Walt Whitman gerade recht. In seinen klangvollen Versen auf eine imaginäre, groteske Demokratie schwang so etwas wie die Bestätigung ihrer eigenen vagen und windigen Sehnsüchte mit, dazu noch eine Bekräftigung ihrer uramerikanischen Tugenden. Und so nahmen sie ihn denn mit Hosianna-Rufen in ihre Reihen auf, und bald war er nicht nur ihr Dichter, sondern auch ihr Philosoph. Lange bevor ein Harvard-Professor seinen Namen in den Mund zu nehmen wagte (es sei denn zu lasziven Zwecken), lasen ihn einsame Sozialisten in den Bergarbeitersiedlungen bis zur Erschöpfung. Als der Radikalismus zum Liberalismus erstarrte und in dieser Gestalt die Intellektuellen zu beeinflussen begann, stieg Whitman im Kurs, und am Ende des Jahrhunderts hatten sogar schon Volksschullehrer von ihm gehört. Ihnen folgten die Lyriker, die in freien Versen schrieben, d. h. eine Meute unzivilisierter Burschen, die entschlossen waren, um jeden Preis auf sich aufmerksam zu machen, die aber von Metrik keine Ahnung hatten. So kam es, daß Whitman in Walhalla einzog, geschoben von politischen Propagandisten, gezogen von literarischen Scharlatanen.

1 Terence Vincent Powderly (1849-1924), amerikanischer Gewerkschaftsführer, Jurist in der Einwanderungsbehörde.

Fußnote

Der tiefere Grund für die Ablehnung Whitmans liegt darin, daß er ein vulgärer, kitschiger Kerl war. Er schrieb »Eine Frau wartet auf mich«. Ein zivilisierter Mann hätte »Die« statt »Eine« geschrieben. 1920

Der Roman wird definiert

Frage: Was ist ein Roman?

Antwort: Ein Roman ist eine fiktionale, künstlerische, undialektische Wortkomposition in Prosa, von nicht weniger als 20000 und nicht mehr als 500000 Wörtern, in Kapitel, Abschnitte, Bücher oder andere symmetrische Teile eingeteilt, in denen interessante, bedeutsame und wahrscheinliche (obwohl erfundene) menschliche Handlungen mit ihren Ursachen und Wirkungen beschrieben werden, unter besonderer Betonung jener Einflüsse, die Recht und Sitte, Institutionen und die Vorstellungen der Menschheit auf die Ideale, Meinungen, Moralvorstellungen, Veranlagungen und Handlungen einer bestimmten Person oder einer Gruppe von Personen ausüben, sowie die Naturphänomene in den Gebieten der Erde, mit denen diese Person (oder Personen) in Berührung kommt, und die Ideale, Meinungen, Moralvorstellungen, Veranlagungen und Handlungen einer Person (oder Personen), die entweder vorübergehend oder für eine längere Zeit mit ihr (oder ihnen) durch unmittelbaren geselligen oder geschäftlichen Kontakt oder durch die Vermittlung von Büchern, Zeitungen, der Kirche, des Theaters oder anderer Personen in Berührung kommen.

Diese Definition ist das Ergebnis einer Plackerei von mehreren Tagen; sie strapaziert sowohl die Augen als auch die Konzentration, aber die Zeit und die Mühe, die ich darauf verwendet habe, haben sich gelohnt, denn sie ist wasserdicht, allumfassend, makellos. Sie beschreibt mit wissenschaftlicher Präzision jeden Roman, der je geschrieben wurde, und sie klammert jeden Beinahe-Roman, Pseudo-Roman und Quasi-Roman, wie bunt sie auch immer sein mögen, aus, wie sie auch die den Bibliographen sattsam bekannten Gattungen der Romanze, der Rhapsodie, des Epos, der Saga, der aufgeblähten Short Story, des Traktats und des Bestsellers nicht aufzunehmen bereit ist. 1909

Dreiser als Stilist

Dreisers Bücher sind immer noch qualvoll für solche Leser, die sich an Wörtern berauschen wollen. Nicht, daß er bloß ein schlechter Journalist ist, wie gewisse Professoren behauptet haben, er watet tasächlich knietief in einer merkwürdig banalen Preziosität. Es wimmelt bei ihm nur so von hübschen Wendungen und hohlen Sprüchen, die aber irgendwie nichts Zündendes haben; in seinen schwärzesten Momenten wirkt Dreisers Stil wie das Kopfnicken eines Henkers. Der Vorwurf, seine Bücher seien zu lang und zu geschwätzig, hat ihn offensichtlich getroffen. Er gibt uns jetzt zu verstehen, daß er begriffen hat; an einer Stelle unterbricht er sogar seine Erzählung und sagt: »Gemach, lieber Leser, verzweifle nicht, es geht gleich weiter!« Und doch scheint er immer noch nicht zu verstehen, worum es eigentlich geht. Im Grunde ist er gar nicht geschwätzig: er hat immer etwas Passendes zu sagen, obwohl es häufig das allzu Selbstverständliche ist. Sein größter Fehler besteht darin, daß er einfach nichts ungesagt lassen kann. Jede kleine Einzelheit der menschlichen Komödie interessiert ihn so brennend, daß er alles daran setzt, sie schriftlich zu fixieren. Das macht die Lektüre oft beschwerlich, aber darin besteht eben auch seine Unverwechselbarkeit. Was ihn von anderen Romanciers unterscheidet, ist die stupende Genauigkeit seiner Beobachtungen. Ihm entgeht kein Zucken eines Augenlids, keine Bewegung eines Mundes, keine Farbschattierung, keine noch so triviale Geste, kein Ungeschick, keine Warze. Überhaupt Warzen: vergessen wir nicht – sie sind es, die den Unterschied zwischen einer Photographie und einem lebendigen Wesen ausmachen. 1930

Der Mensch und sein Schatten

Jeder Mensch ist, unabhängig von seinen besonderen Eigenschaften, noch mit allgemeinen Eigenschaften ausgerüstet (nach denen er auch beurteilt wird), die mit seiner Geschlechtszugehörigkeit zusammenhängen; das trifft besonders für Frauen zu. Auf diese Weise ist das Individuum, oft zu seinem Schaden, ja Entsetzen, in die Gattung Mensch eingebunden. Jetzt malen Sie sich bitte meinen eigenen Fall aus. Ich bin von Natur aus ein extrem ordentlicher Mensch. Jeder Gegenstand in meinem persönlichen Besitz hat seinen angestammten Platz, ob es eine Bibel oder ein Hackmesser ist, ein Unterhemd oder eine Pipette, und an diesem Platz lasse ich die Sachen auch. Ich verstreue keine Zigarren-Asche auf den Fußboden. Ich kippe keine Papierkörbe um. Ich erreiche meinen Zug immer rechtzeitig. Ich trage nie einen rosa Schlips zu einem blauen Hemd. Wenn ich zum Essen eingeladen bin, erscheine ich pünktlich und brauche nicht telephonisch oder telegraphisch abzusagen. Und doch behaupten die Frauen, die Gott damit bestraft hat, für mich sorgen zu müssen (und sie scheinen sogar an diese Fiktion zu glauben), ich sei ein nachlässiger, ja schlampiger Kerl, der so umständlich gepflegt und bewacht werden müsse, daß er schon bei der kleinsten Lockerung der Kontrolle seiner Alltagsverrichtungen Gefahr laufe, in einen Zustand chaotischer Hilflosigkeit zu versinken, in dem er seine Kleider nicht mehr finde, seine Bücher in den Ascheimer werfe, seine Post unbeantwortet lasse und sich den Hals nicht mehr rasiere. Ich erhebe keinen Protest; ich registriere nur die Fakten. Erst auf dem Totenbett werde ich meiner lebenslangen Widerborstigkeit gerecht werden, indem ich tue, was man von mir erwartet. Das heißt, ich werde ein paar Fieberthermometer verschlucken, meine Fischsuppe über die Bettdecke schütten, ein spiritistisches Ouija-Brett und einen Würfelbecher unter dem Kissen verstekken und am Ende, möglicherweise, ungeschickt aus dem Bett fallen.

1921

Notiz zu einer ehrlichen Autobiographie

An blauen, stechend scharfen Tagen packt mich manchmal der Verdacht, daß die meisten meiner Lieblingsideen abwegig sind – schlimmer noch, daß einige darunter kompletter Wahnsinn sind. Sie so in aller Ruhe auf ihre Schwächen hin zu betrachten ist ein trauriges Vergnügen. Denn übrig bleibt nur ein Haufen Platitüden, die Apfelgehäuse von Meditationen. Aber wem geht es in dieser Hinsicht besser? Ich kenne keinen, jedenfalls keinen, der das zugibt. Ein paar Feststellungen behalten wahrscheinlich ihre Gültigkeit, zum Beispiel die, daß niemand, ohne zu ertrinken, seinen Kopf eine halbe Stunde unter Wasser halten kann, daß der Durchschnitts-Kongreßabgeordnete ein Schwachkopf ist, daß Jonas den Walfisch verschluckte. Der Rest ist reine Illusion, Selbsttäuschung, Größenwahn.

Und doch ist mir der Gedanke nicht unangenehm, daß ich wenigstens in einer Hinsicht meinen Gegnern überlegen bin.

...Meine Ideen sind nämlich in ihrer Mehrzahl unpopulär – und deshalb kommerziell unprofitabel. Niemand kann mir vorwerfen, daß ich sie ausspreche, um ein politisches Amt zu erringen oder einen Ehrendoktor von der Ohio Wesleyan University zu bekommen oder in die Ehrenlegion aufgenommen zu werden. Das mag nicht sehr wichtig erscheinen, aber es bedeutet, zumindest für einen Amerikaner, doch einiges. Fast alle anderen Leute, die ich kenne, versuchen, auf die eine oder andere Weise aus ihren Ansichten Kapital zu schlagen. Hat man je von einem Fortschrittsprediger gehört, der nicht doch nach Wohlstand gierte? Oder doch nach jemand, der seinen Feldzug finanziert? Niemand finanziert meine Feldzüge, wenn man sie überhaupt so nennen kann. Niemand wird es je tun.

1922

Coda

Wenn ich endlich das Schafott besteige, werden dies meine Abschiedsworte an den Sheriff sein: »Sag über mich, was du willst, wenn ich tot bin, aber vergiß nicht, fairerweise hinzuzufügen: er hat sich nie zu irgend etwas bekehren lassen.«

1922

Nachwort

Inkohärente Ideen haben etwas Attraktives: Klarheit des Denkens ist nicht in jedem Fall die Voraussetzung geistigen Fortschritts. Oft führt gerade nicht die harmonisierende Vernunft, sondern kreative Unordnung, ein vages Gefühl der Unzufriedenheit zu neuen Einsichten. »Die meisten Menschen überzeugt man nicht mit Appellen an ihre Vernunft, sondern indem man sie bei ihren Gefühlen und Vorurteilen packt«, pflegte H. L. Mencken (1880-1956) zu sagen. Der Kulturkritiker und Essayist, von seinen Landsleuten abwechselnd als amerikanischer Samuel Johnson, Voltaire oder George Bernard Shaw gefeiert, erklärte, daß »ein Fortschrittsgläubiger den Mann auf der Straße für ehrlich und intelligent halten muß; ein Reaktionär kann sich erlauben, es besser zu wissen«. Ähnlich wie Oscar Wilde oder Ambrose Bierce war er bereit, um einer Pointe willen den Gedanken zu verzerren – überzeugt, daß eine griffige Formulierung »weit wirksamer ist als eine große Wahrheit«.

Seit 1903 ist in Amerika in jedem Jahrzehnt des vergangenen Jahrhunderts ein neues Buch von Mencken erschienen; so listig hat kein Autor je für seinen Ruhm gesorgt. Sein Einfluß, der in den zwanziger Jahren am größten war (und mit dem von Kurt Tucholsky und Karl Kraus in Deutschland vergleichbar), hat sich bis heute in immer neuen Wellen fortgesetzt. Als 1989 eine Auswahl seiner Tagebücher aus dem Nachlaß veröffentlicht wurde, schien es, als habe es dem streitbaren Gesellschaftskritiker katastrophal an »political correctness« gefehlt, und als fünf Jahre später die Erinnerungen des Journalisten unter dem Titel »Thirty-Five Years of Newspaper

Work« herauskamen, bestand, so meinten die Kritiker, an der Naivität seiner Haltung gegenüber Deutschland kein Zweifel mehr. Dort, im Land seiner Vorfahren, hat man ihn nur in der Weimarer Republik zur Kenntnis genommen – ohne Mencken aber fehlt dem deutschen Bild von der kulturpolitischen Szene im Amerika der ersten Jahrhunderthälfte bis heute eine kräftige Hintergrundfarbe.

Menckens Familie stammt aus Oldenburg. Zu seinen Ahnen gehören illustre Professoren der Universitäten Leipzig, Wittenberg und Halle, darunter Otto Mencke, der 1682 die »Acta eruditorum« gründete, die erste deutsche wissenschaftliche Monatsschrift. Sein Sohn, der Barockpoet und sächsische Hofhistoriograph Johann Burkhard Mencke (1674-1732), war der Autor von »De charlataneria eruditorum«, einer der frühesten und amüsantesten deutschen Gelehrtensatiren. Der neuenglische Satiriker H. L. Mencken war von diesem offensichtlich geistesverwandten sächsischen Urahn so angetan, daß er dessen lateinisches Pamphlet ins Englische übersetzen ließ und es mit einem enthusiastischen Vorwort versah. Noch heute gibt es in Leipzig eine Menckestraße, in der Thomaskirche ein Gedenkfenster für die Familie Mencke. Ein Anastasius Ludwig Mencken wirkte als politischer Berater Friedrichs des Großen; seine Tochter Wilhelmina Luise war die Mutter Otto von Bismarcks.

Burkhardt Ludwig Mencken, Henry Louis' Großvater, 1848 nach Amerika ausgewandert (»um einer angedrohten Überdosis Demokratie zu entgehen«, wie der Enkel kommentierte), hatte eine Jamaikanerin geheiratet und in Baltimore sein Glück in der Tabakindustrie versucht. Er vermachte seine kleine Zigarrenfabrik dem Sohn, Menckens Vater, der seinerseits darauf bestand, daß Sohn Henry die (ihn überhaupt nicht interessierende) Firma übernahm.

Die Menckens gehörten zu jenen konservativen deutschen Protestanten in Baltimore, die mehr als ein Viertel der Bevölkerung ausmachten, ihre eigenen Kirchen, Clubs und Zeitungen besaßen und ihre kulturelle Herkunft vorteilhaft mit der neuen Staatsbürgerschaft zu verbinden wußten. Im kosmopolitischen Baltimore lebten sie friedlich mit den deutschstämmigen jüdischen Familien zusammen (die maßgeblich an der Gründung der Johns-Hopkins-Universität beteiligt waren und aus deren Reihen auch die Vorfahren von Gertrude Stein kamen). Die wohlhabenden Menckens bewohnten in der Hollins Street 1524 ein dreistöckiges, komfortables Reihenhaus mit Backsteinfront und Marmortreppe; sie sahen auf ihre ungebildeten Landsleute herab, hielten sich aber auch isoliert von der weißen amerikanischen Oberschicht.

Nach dem frühen Tod des Vaters hängte Henry Louis die Zigarrenfabrikation sogleich an den Nagel und folgte seinen journalistischen Neigungen. Er diente sich beim »Baltimore Morning Herald« als Gelegenheitsreporter an, stieg zum Theaterkritiker auf, und bald schon schrieb er Leitartikel. Mit fünfundzwanzig Jahren wurde er Chefredakteur des »Herald«. Nebenher nahm er Klavierstunden (»Es gibt nur zwei Arten von Musik – deutsche Musik und schlechte Musik«, erklärte er seinen Lesern), entlieh in großen Mengen Bücher aus der Stadtbibliothek, versuchte sich im Aquarellmalen und gründete den »Saturday Night Club«, einen Männer-Musizierverein mit Mencken am Klavier. Nach dem großen Feuer von 1904, das weite Teile der Innenstadt von Baltimore vernichtete, lehnte Mencken ein Angebot der »New York Times« ab und ging zum Lokalrivalen, der »Baltimore Evening Sun«; ab Mai 1911 erschienen dort seine berüchtigten Artikel in der Rubrik »The Free Lance«. Im forschen Ton des professionellen Provokateurs nahm der junge Mann die engstirnigen Lebensformen, die Prüderie und den Provinzialismus seiner Landsleute aufs Korn und kultivierte genüßlich eine provozierend prodeutsche Attitüde: »England gab uns den Puritanismus, Deutschland das Pilsner – wählen Sie selbst!«

Menckens Entscheidung für den Journalismus war ein Aufstand gegen die bürgerliche Wohlanständigkeit seiner Familie gewesen, wenn auch nur ein halbherziger. Bei allem Spott auf die amerikanische »booboisie«, das Spießertum aus Frömmigkeit, Geschäftssinn und Borniertheit, beharrte er auf Bürgertugenden wie Disziplin und Ehrgeiz. Die geordnete Behäbigkeit des Elternhauses blieb für ihn eine Bastion des Konservatismus, von der aus sich seine Degenerationssymptome behaglich attakkieren ließen. »Ich bin überzeugt, daß die amerikanische Regierung ein Übel für das Land ist«, so ließ sich der kecke Kommentator vernehmen, »aber auch, daß jeder Versuch, diesen Zustand zu ändern, die reinste Zeitverschwendung wäre.« Gefragt, warum er mit einer solchen Haltung nicht lieber auswandere, stellte er die rhetorische Gegenfrage: »Warum wohl gehen die Leute so gerne in den Zoo!«

Menckens zweites Buch – mit dreiundzwanzig hatte er eine epigonale Gedichtsammlung veröffentlicht – war ein kompilatorischer Essay über den Dramatiker George Bernard Shaw, in dem er einen ikonoklastischen Vorläufer zu erkennen glaubte. Ernstere Ansprüche meldete 1908 eine Nietzsche-Studie an. Mencken, der sich mühsam in die Originaltexte eingelesen hatte, sah in Nietzsche, dem wilden Gegner kleinbürgerlicher Moral und

Kultur, eine gleichgestimmte Seele. Er bewunderte in ihm den Feind der egalitären Massengesellschaft, den »Erz-Dissenter und König aller Bilderstürmer«, aber auch den Sozialdarwinisten, dessen Demokratie-Skepsis er ohne Einschränkung teilte. Nietzsche verkörperte für den Amerikaner den »urwüchsigen Deutschen« mit einem Hang zu irrationalen, stilistisch extravaganten Spekulationen. Und mit dem Aphoristiker Nietzsche (der, so ließ er einfließen, wie die Menckens aus Sachsen kam und in Leipzig studiert hatte) assoziierte er schließlich jenes kultivierte Deutschland, mit dem er sich nicht nur gegen die deutschtümelnden Philister und Bauern von Baltimore verbünden wollte, sondern grundsätzlich gegen alles Mittelmaß in Amerika. Sein Buch, das erste über Nietzsche in englischer Sprache, wurde ein Achtungserfolg; erst sehr viel später sollte sich herausstellen, daß Mencken eine der zentralen Figuren der amerikanischen Nietzsche-Rezeption war.

Vergleichbaren Einfluß auf das Weltbild des Zeitungsmenschen Mencken (so nannte er sich mit Vorliebe) hatte der amerikanische Soziologe William Graham Sumner (1840-1910) mit seiner These, daß die sozialen Schichten durch genetisches Erbgut und natürliche Auslese bestimmt seien und daß die Gesellschaft im Grunde nur aus dem Mob und einer Elite bestehe. Mencken zählte sich emphatisch zur letzteren; er beschrieb sich als einen »behaglich lebenden, selbstgefälligen Bourgeois, der seine Unabhängigkeit schätzt und niemanden um etwas bittet«.

Im Frühjahr 1908 brach der unbequeme Chefredakteur zu seiner ersten Europa-Reise auf. Er besuchte Berlin und Leipzig – und stellte in London fest, daß seine Sympathien für England doch erheblich größer waren als die für Deutschland. Das sollte sich bei zwei weiteren Reisen bald darauf ändern. Mencken hielt sich jetzt länger in München auf, schwelgte in Straussscher Opernmusik, schwärmte in dem Reisebuch »Europe after 8:15« vom »unique, incomparable, transcendental Bavarian beer«, den riesigen »schnitzels and bifsteaks, and those mighty double portions of sauerbraten and rostbif« und jener »Gemütlichkeit«, die er fast in den Rang einer Weltanschauung erhob – »sie bedeutet für mich Höflichkeit, Urbanität, Gastfreundschaft, Geselligkeit, Toleranz und Humor«.

Der Ausbruch des Ersten Weltkriegs zwang zur politischen Stellungnahme. Die Entfremdung von amerikanischen Wertvorstellungen war bei Mencken mit einer Abkehr von allem Angelsächsischen einhergegangen; sie mündete nun in eine vorbehaltlose Parteinahme für Deutschland. Er pries die »neue« deutsche Kultur und geißelte das moralistische, in rigidem Puritanismus erstarrende Amerika. Seine »Free Lance«-Artikel schwollen zu glühenden Lobgesängen auf die deutsche Nation an. Solche Töne mußten ihn den eigenen Landsleuten allmählich suspekt, schließlich unerträglich machen. Im Dezember 1916 gab er seinen Posten als Herausgeber der »Baltimore Evening Sun« auf, schrieb nur noch Unpolitisches wie Programmnotizen für das Baltimore Symphony Orchestra und übersetzte deutsche Essayistik.

Als Mencken im letzten Kriegsjahr abermals nach Europa kam, angeblich unter der Protektion von Ludendorff, wurden die amerikanischen Behörden auf den Journalisten aufmerksam. Die meisten Zeitungen hatten sich inzwischen geweigert, seine prodeutschen Tiraden zu drucken. Nach Kriegsende wechselte er das Thema und veröffentlichte »In Defense of Women«, ein burleskes Pamphlet, das einigen Staub aufwirbelte und ihm einen unerwarteten finanziellen Erfolg bescherte. Mencken behauptete darin, er könne beweisen, daß Frauen von Natur aus intelligenter seien als Männer. »Frauen«, verkündete er, »weigern sich nämlich, jene erbärmlichen Banalitäten ernst zu nehmen, die den Lebensinhalt der meisten Männer ausmachen; ihre subtilere Intelligenz verbietet es ihnen, den sinnlosen Tätigkeiten der Männer Bedeutung zuzumessen.« Die Amerikanerinnen unserer Tage haben diese Sätze mit ungläubigem Staunen wiederentdeckt.

Mencken verfaßte nun häufiger Essays und Rezensionen für »The Smart Set«, eine eher schäbige New Yorker Monatsschrift von fragwürdigem Niveau, zu der ihm sein Freund Theodore Dreiser Zugang verschafft hatte und deren Literaturchef er nach kurzer Zeit wurde. Zusammen mit dem Theaterkritiker George Nathan verwandelte er das Blatt in ein munteres Forum für unorthodoxe Köpfe. Mit Nathan gründete er bald darauf den »American Mercury«, ein anspruchsvolles Kulturmagazin, an dem unter anderen F. Scott Fitzgerald, Sinclair Lewis und Willa Cather mitarbeiteten und das er bis 1933 leitete. Innerhalb von fünfzehn Jahren rezensierte Mencken in dieser Zeitschrift mehr als zweitausend Bücher; er war mittlerweile zur nationalen Berühmtheit geworden und als gefürchteter Kultur- und Literaturkritiker eine Institution.

Hemingway ließ 1926 eine Romanfigur (in »The Sun Also Rises«) sagen: »Mencken hat bisher über alles geschrieben, was er weiß – von jetzt an schreibt er über alles, was er nicht weiß.« Wenig zu wissen schien er zum Beispiel über die amerikanischen Südstaaten, wie der empörte Aufschrei zeigte, den sein gezielt provokatorischer Aufsatz »The Sahara of the Bozart« auslöste. Mencken war überzeugt, daß die meisten englandfreundlichen Amerikaner, die während des Krieges Deutschland beschimpft hatten, in den Südstaaten lebten. So sah er Georgia als eine Hochburg des verhaßten neuenglischen Puritanismus an, den ganzen Süden als einen Sumpf aus Reaktion und Barbarei. Als 1925 in einem berühmten Prozeß in Dayton (Tennessee) der die Evolutionslehre vetretende Biologielehrer John Scopes jugendverderbender Irrlehren angeklagt wurde, goß Mencken in einer Serie glänzender Reportagen aus Dayton Hohn und Spott über die verbohrten Südstaatler (und den öffentlichen Ankläger William Jennings Bryan) aus. »Warum ich die ›Kultur‹ des Südens so verunglimpfe? Schreiben Sie eine Karte an Professor Doktor Freud in Wien – er wird Ihnen postwendend antworten!«

Die zwanziger Jahre waren der Höhepunkt seiner Karriere. Er schrieb das Buch, mit dem sein Name in der Sprachwissenschaft verbunden bleiben wird, ein enzyklopädisches Werk über die amerikanische Sprache, das seinen Landsleuten die Qualitäten des amerikanischen Englisch eindrücklich vor Augen führte. Die sorgfältig recherchierte, mehrfach ergänzte, zweibändige Abhandlung mit dem Titel »The American Language« (1919/23) wurde zum Standardwerk, sogar zum Bestseller. In loser Folge erschienen nun auch die kritischen Essays, gesammelt in sechs Bänden unter dem Titel »Prejudices«. (Die meisten der hier versammelten Stücke entstammen diesen Sammlungen; sie sind an manchen Stellen leicht gekürzt.)

Mencken sinniert, eigenwillig und temperamentvoll, über Charaktertypen, öffentliche Moral, Religion, Justiz und Erziehung, über die Todesstrafe, die Demokratie, Populärpsychologie, die Rolle von Kunst und Literatur. Er schreibt, wie andere Leute sprechen. Seine Sprache, in der sich ein skeptisches Temperament mit unbändiger Lebenslust mischt, ist ein rauhes, spontanes Umgangsamerikanisch, seine Sätze sind kurz und einfach konstruiert. Ihr Schwung kommt aus der Konkretheit der Wörter. Sie sind meist unauffällig und schlicht, aber raffiniert durchsetzt mit Eigennamen, exotischen Begriffen, entlegenen Fachausdrücken, kuriosen Fremdwörtern. (»Eine lebende Sprache«, hat Mencken gesagt, »ist wie ein Mensch mit inneren Blutungen: sie braucht fortwährend Transfusionen.«)

Sein Stil, eine Mischung aus Luzidität und Lässigkeit, ist klar, kraftvoll und vital, geprägt aber auch von der entwaffnenden Selbstsicherheit des journalistischen Zugriffs. In seinen Lehrjahren als Lokalreporter hatte er gelernt, daß der fesselnde Schreiber ohne Umschweife auf den Kern einer Sache losgeht und ihn so plastisch wie möglich beschreibt. Aber der Wille zur Klarheit verführt ihn zur Vereinfachung. Mencken schert sich nicht um Beweise für seine exotischen Behauptungen, als wolle er seine Gedanken mit der Erwähnung möglicher Einwände nicht unnötig belasten. Seine robuste Schwarzweißmalerei läßt zwischen »immer« und »nie« keine Schattierungen zu, überall herrscht blendendes Licht, alles ist einfach erklärbar, nichts bleibt verborgen oder gar zweifelhaft. So wie Mencken nur zwei Menschentypen zu kennen behauptet, homo sapiens und homo »boobiens« (seine Verballhornung von ›Bourgeoisie‹ zu ›booboisie‹, Klasse der Trottel, ist in die englische Sprache eingegangen), kennt er auch nur zwei Formen des Vergleichs – das superlativisch Riesige und das unsäglich Winzige: Verklärung oder Zernichtung. Kontrasten werden entlarvende Relativierungen angehängt (»Ein Professor muß ein Theorie haben, so wie ein Hund Flöhe haben muß«), und als gewitzter Rhetoriker weiß er, daß man die Rhetorik in regelmäßigen Abständen eine Sammlung billiger Tricks nennen muß. Er hat seinen impulsiven Stil mehrfach mit der Bemerkung verteidigt, in Amerika, dem Land der Extreme, könne man sich nur mit einer extrem satirischen Sprache Gehör verschaffen: der Satiriker geht nicht auf die Suche nach der Wahrheit – er hat sie schon.

Walter Lippman nannte H. L. Mencken den »stärksten intellektuellen Einfluß auf das gebildete Amerika unserer Tage«, Edmund Wilson sprach von ihm als dem »zivilisierten Gewissen des modernen Amerika«, für Van Wyck Brooks war er schlechthin »the Marx of the Master Class«. Mencken selber sah sich eher als ein »Symbol des Aufstands der Nachkriegsgeneration gegen die überlieferten amerikanischen Gewißheiten«. In den dreißiger Jahren wurde seine Rolle als Zeitanalytiker zunehmend prekär, die Stimme schriller. Als er öffentlich Franklin D. Roosevelts Politik des New Deal genauso verhöhnte wie vorher Herbert Hoovers Prohibition und sich zu immer krauseren Gedankengängen verstieg, wandten sich die Intellektuellen des Landes von ihm ab. Sein literarisches Urteil war unsicher geworden. Auf Conrad und Dreiser ließ er nichts kommen, mit Faulkner, Thomas Wolfe und der europäischen Moderne konnte er wenig anfangen. Er publizierte eine Apologie der judäochristlichen Religionen sowie eine philosophische Untersuchung des Ehrbegriffs. Den abstrakten Studien folgten drei unbeschwerte Bände mit Memoiren: »Happy Days«, »Newspaper Days« und »Heathen Days«, Erfolgsbücher und Fundgruben für die Geschichte des amerikanischen Journalismus.

Unbeirrt nannte Mencken noch 1933 Deutschland »das einzige zivilisierte Land in der Welt«. 1938 unternahm er, auf der Suche nach weiteren Vorfahren, eine neue Europa-Reise. In Amerika schlossen die Behörden aus der Tatsache, daß er zu einer eindeutigen Verurteilung von Hitler offenbar nicht bereit war, auf Illoyalität und ließen ihn beobachten. Während des Krieges starb Menckens Mutter, kurz darauf seine Ehefrau, sein eigenes Herzleiden verschlimmerte sich bedenklich. 1948 traf ihn ein schwerer Gehirnschlag, von dem er sich bis seinem Tod am 29. Januar 1956 nicht mehr erholte. Der posthum veröffentlichte »Minority Report« fachte die Mencken-Diskussion wieder an. War dieser Mann im Grunde nur ein polternder Populist? Oder doch ein originaler Denker und wegweisender Kritiker?

Er muß ein magnetischer Mensch gewesen sein. Was er zu sagen hatte, formulierte er unmißverständlich und elegant. Für eine zündende Übertreibung opferte er bedenkenlos Abwägungen und Nuancen. Vages war ihm zuwider, Zweifel wollte er sich, zumindest öffentlich, nicht erlauben, seine Urteile, von klärender, oft verletzender Einseitigkeit, klangen unrevidierbar endgültig. Übersichtlich gebaut, rhetorisch vehement, alle Fairneß in den Wind schlagend, erfüllten seine Zeitungsartikel und Essays eine Grundbedingung jeder breitenwirksamen Kulturkritik: sie überbrückten die Kluft zwischen Autor und Leser und brachten ein Massenpublikum mit unvertrauten Gedanken in Berührung. Von Theorien hielt er wenig. »Ich schreibe nicht«, notierte er im Tagebuch, »um die Leute zu einer bestimmten Ansicht zu bekehren, sondern weil es mir Spaß macht, weil mir das Schreiben von allen sportlichen Betätigungen die angenehmste ist.« Mencken mußte sich den Nagel oft erst zurechtbiegen, bevor er ihn auf den Kopf traf, aber hinter der Derbheit seiner Sprache verbarg sich ein sensibler Intellekt. »Kritik«, so erklärte er barsch, »ist nichts anderes als der Versuch, den eigenen Vorurteilen den Mantel der Plausibilität umzuhängen.« Zur Wissenschaft hatte er ein zwiespältiges Verhältnis. Stolz darauf, nie eine Universität besucht zu haben, erwies er sich als ein Meister der Professorenschelte und drosch unermüdlich auf die »elitäre, akademische Ostküstenkultur« ein, die in seinen Augen dafür verantwortlich war, daß sich die junge amerikanische Literatur bei den Lesern nicht durchsetzen konnte. Für Lyrik besaß er kein Gespür, um so energischer hat er sich für den neuen realistischen Roman und das Ideendrama in Amerika eingesetzt (und dabei so manche Eintagsfliege überschätzt). Die amerikanische Literatur des neunzehnten Jahrhunderts fand er verseucht vom verachteten Yankee-Puritanismus; als einzige Ausnahme ließ er Mark Twain gelten.

Mencken schlug, wie er selber zugab, gern über die Stränge – und unter die Gürtellinie. Seine funkelnde Prosa fuhr mit Blitz und Donner in so manche stickige öffentliche Debatte in den Vereinigten Staaten der zwanziger Jahre. Hätte er, wie der Durchschnittsjournalist, sein Mißvergnügen in den Klischees der politischen Rhetorik ausgedrückt, er wäre längst vergessen. Aber selbst wenn seine Ansichten nicht immer originell und bisweilen fragwürdig waren – wie er sie ausdrückte, daran kann man sich auch heute noch ergötzen.